U0552863

美少年 M

〔日〕**西尾维新** 著

新鲜 译

人民文学出版社
PEOPLE'S LITERATURE PUBLISHING HOUSE

著作权合同登记号　图字 01-2023-3923

图书在版编目(CIP)数据

美少年 M ／(日)西尾维新著；新鲜译. -- 北京 :
人民文学出版社,2025. -- ("美少年侦探团"系列).
ISBN 978-7-02-019227-4

Ⅰ. I313.45

中国国家版本馆 CIP 数据核字第 2025AV4610 号

责任编辑　卜艳冰　曹敬雅
装帧设计　钱　珺

出版发行　人民文学出版社
社　　址　北京市朝内大街 166 号
邮　　编　100705

印　　刷　山东临沂新华印刷物流集团有限责任公司
经　　销　全国新华书店等

字　　数　90 千字
开　　本　787 毫米×1092 毫米　1/32
印　　张　6.125
版　　次　2025 年 5 月北京第 1 版
印　　次　2025 年 5 月第 1 次印刷

书　　号　978-7-02-019227-4
定　　价　39.00 元

如有印装质量问题,请与本社图书销售中心调换。电话:010－65233595

袋井满

双头院学

美少年侦探团

足利飙太

插画：黄粉

咲口长广

瞳岛眉美

指轮创作

美少年侦探团团规：

1．必须美丽

2．必须是少年

3．必须是侦探

美少年M

0. 前言

"病情严重到无法自行阅读的患者，在很多时候连他人的朗读也无法忍受。"

不用过多介绍，这是引自"提灯女神"弗洛伦斯·南丁格尔的著作《护理札记》中的一行警句。即便深知，再多做说明实为失礼，但我还是要再多说一句：也许曾有人将其曲解为"不善于读书的人通常也不善于听书"，然而南丁格尔女士是以自己的经验给出护理提示，绝不是在讨论读书的方式方法。总而言之，她想表达的是"人在不想读书的时候，通常也不想听书"——所以，如果可以的话我真想亲口问一问南丁格尔女士，病情严重到无法自行阅读的患者是否会想写点儿什么呢？

正如世人所知，南丁格尔女士是一个学院派，真正上战场的次数屈指可数，尽管如此，哪怕到了二十一世纪的今天，她依旧被视为"战场上的白衣天使"的代表，作为护士的象征，被世人传颂着。究其原因，可能正因为她是重视理论的学院派吧。为了培育后继者，她写下了《护理札记》一书，著名的"南丁格尔誓言"与她息息相关。不过誓言内容本身与南丁格尔的思想冲突之处颇多。考虑到南丁格尔是因为受伤抱恙才没有继续前往前线，尽管不可将她与其他学院派一概而论，但从长远来看，她选择退居后方，将自己的经验知识以文字的形式记录下来，无疑是非常重要的。不过，这位白衣天使应该怎么也想不到，她的著作百年来再版无数次，结果会是被我这样粗枝大叶的人引用吧。

和南丁格尔不一样，我的所思所想就算写成文章留在世上，也没有什么意义，这一点我非常清楚。我并不指望自己能给世人带来什么影响，但还是想尽力写一写——不想读的话就不要为难自己，身体优先。

请保重自己的身体。

按照惯例，美少年侦探团的那些性格各异的成员，会对我发起一阵冷嘲热讽的攻击，但这次并没有。我知道这一天早晚会到来。他们会变成夜空中漂浮着的星星守护我——不对，变成星星的，其实是我。而那群光彩夺目的美少年正在进行天体观测。

正如我当年观测那颗黑暗星一样。

为什么这么说呢？因为这是我瞳岛眉美一个人的任务——也是最后一个任务。

Last Mission.

因此，美少年们直到本书后半部分收录的短篇部分才会出现。在那之前，这本书都只是我一个人的陈述，不会有其他人的出现。对于这样一本满是废物的牢骚的书籍，倒也没有强撑着读下去的必要。但是，如果你产生了一丝兴趣的话，请不要就此止步。

请您保重身体，如果能顺便给我一点儿爱，那就太好了。

1. 阿切里女生宿舍的早晨

在进入阿切里女生宿舍的一天前，我还是先介绍一下关键的"阿切里女子学院"到底是一所什么样的中学吧。尽管由作为潜入者的我来介绍可能有些冒昧。

嗯，假如日本古典时代拥有美好品德的大和抚子[1]真的存在，那么私立阿切里女子学院的创立目标就是培养这样的人才。简单介绍一下——这是一所从幼儿园到大学一站式全覆盖的学院，虽然被叫作私立学校，但实际上更像是国立学校——这里寄托着国家百年计划的希望。这么说可能有些夸张，可它实打实是由多位历史悠久、位高权重的良家人士出资运营。"良家"这个词，给人一种故家子弟的感觉……我发誓这绝对不是我为了挖苦乱造的词。这所学校连校服都是和服。

---

[1] 大和抚子在日本文化中指代性格文静矜持、温柔体贴、成熟稳重并且具有高尚美德气质的女性。

如此传统。

学校的课程表上除了书法，还有茶道和花道——这里的学生要做到端庄贤淑、温和文静、通情达理、聪明伶俐、为人礼貌谦和、坚韧不拔，并且还要会做饭、会整理家务、掌握育儿技巧——这里要培养的是站如芍药、坐如牡丹、行如百合、眠如秋菊般的女子。

这所女校的目的就是希望能培养出这样的下一代，但这样的方式，真的能培育出想要的人才吗？

像我这样个性古怪的普通民众可能会插一句：说什么寄托了国家的希望，可学校名字怎么用的是外来语[1]？但我要是真的不小心开了口，那么可能会面临这样的说教："这你就不懂了，你看学校门牌，不是从左往右，而是从右往左写的哦[2]"，搞得和卡车右侧的企业标识一样[3]——算了，不管是外来语还是字母，从很早以前就成了日本文字的一部分，事实上，传统和外来文化之间，

1　原文中阿切里女子学校的校名使用的写法是片假名（日语中的一种音节文字，主要用于书写外来语）アーチェリー。
2　古代日文的书写习惯为从右到左。
3　日本企业车辆右侧的标识习惯从右往左写。

并没有太大的差异。

不论如何，还是不要吐槽那些非常认真的人了——接着说，这里不仅不能把手机带进教室，就连持有手机本身都不被允许。对于这样的教育方针，我这种外人自然是不好插嘴说什么。这不是什么小事，绝对会招来大祸的。

禁止染发或是禁止化妆之类的校规倒是常听，但听说这所学校的校规里还写着一条"禁止玩耍"……我不会轻信这种谣言，却也不想为了验证其中真伪，而翻开那册比百科全书还厚的校规校训。

这所学校和这里的人总给我一种高高在上的不真实感，不认定自己与他们毫不相干，我就无法释怀——说白了，这些学生个个都像是被精挑细选出来的社会名流。

有钱人也有很多类型，我眼中真正的有钱人是那些父母就很有钱的人——他们含着金汤勺长大，有钱人的身份从出生起就时刻伴随着他们。虽然我们指轮学园里也有不少这样的学生，可是在这里，所有人都是这样。这所学校就是如此可怕。我们的社会一直被诟病贫困差距大，现实情况也确实越来越严峻——但说实话，对于

"世界上的财富，有一半都掌握在百分之一的富人手里"的说法，我的感受一直是"那又如何？一百个人里有一个富人，这个比例不还是相对正常吗？"。我并没有实际感受到贫困差距的严峻程度，直至了解到了这所寄宿学校的存在。

顺便提一嘴，我这个人讨厌帅哥美女，也讨厌名流。

没什么人是我喜欢的类型。

或许有人憧憬这样的校风，但我完全不想接近。话虽如此，这一天的我还是在私立阿切里女子学院初中部的女生宿舍睁开了眼睛——阿切里女生宿舍的清晨，早早就开始了。

2. 室友七夕七星小姐

"早上好，瞳岛小姐，起床的时间到了哦。"

"早上好"就算了，"起床的时间到了哦"什么的还是破天荒头一回听到。就连有起床气的我也惊得立马弹射起床。

我产生了一种重生到了异世界的感觉。

话说回来，也从来没有人叫过我瞳岛小姐。小姐？没人叫过。以前没有，以后也不会有。

大家都叫我废物，有人叫过我废物瞳岛，但从来没人叫过我瞳岛小姐。可这却是这里的标准称呼……

"非常感……谢……七夕小姐。"

我生硬地道谢，好像这是什么屈辱的表达方式一样。我只是还没习惯阿切里式的表达，对她的感谢却是真心的。就算是废物如我，道谢还是会的，但道歉可不行。要是我自己的话，就算设置了一百个闹钟也做不到早上五点起床。我对室友七夕小姐——七夕七星心存感激，只是不想说出那句"万分感谢"。

此外还有对五点起床的抗拒——太阳还没出来呢，这个点起床难道不是对太阳的冒犯吗？

"你刚转校过来就来打扰你真是不好意思，瞳岛小姐，我很期待吃到瞳岛小姐的拿手料理哦。"

"哪有哪有……"

尚且不熟悉阿切里式表达的我只能先含糊回应两句……但这不是长久之计。这种含糊的态度和连看都没看就在厚厚的协议书上签字简直没什么两样——标准的瞳岛眉美式的表达。

这就是本来的我。

但我也不是对谁都如此没心没肺，我没法在这样的环境中旁若无人我行我素——性格阴暗的我在美术室以外的地方其实老实得很，如同丧家之犬般。

这样的比喻在宿舍楼内自然是不被允许的——这里与其说是宿舍区域，倒不如说是私人领地，在女生宿舍大家需要遵循一系列礼仪。礼仪……有一段时间没听过这个词了，特别是在美术室的日子里。

说起美术室，不知各位是否还记得前情提要呢？

不记得也没有关系，简而言之可以用五行来概括。

火·爱美胜过解谜的美少年侦探团。

水·新进成员，穿男装的女生瞳岛眉美。

木·企图进行"堕落式"教育改革的胎教委员会。

金·沦为其改革目标的阿切里女子学院。

土·瞳岛眉美，孤身进行侦探活动。单独行动并不符合美少年侦探团一直以来坚持的团队行动的理念。我在由于身体健康问题（？）被禁足的时候曾有过这种想法，觉得自己是不是并不适合美少年侦探团，自己是不是不被需要的人（明明我是想避免这样的情况发生的！），于是我主动对团长提出了——"我想以此作为瞳岛眉美的最后活动"。

什么？有人抱怨"这算什么五行？"，我上面指的是阴阳五行，可不是五行文字——不好意思，我一时感慨万分，不由得写了许多。

同样的，容易得意忘形也是我的坏习惯之一——所以才会导致现在这个结果。说实话我现在有点儿后悔当初说那样的话。怎么可能不后悔？

不管怎么样，当时禁令已经解除。我就不应该在屋顶郁郁寡欢，要是若无其事地往美术室走就好了……那个时候我为什么会做出那样的判断……原因说出来可能会颠覆上一册的结尾我给人留下的帅气印象，可潜伏侦查什么的，只是我为了装样子的一时口快罢了，我能做到的最多是"放学不直接回家，稍微去那里办点儿事"。

没想到他们会为我办转校手续。

"眉美！你说得太棒了，我太感动了！你简直在闪闪发光！我没有看错你，我的美学没有出错！你什么都不必说了，接下来的事情就交给我们！"

他好像完全没理解我想要表达的意思，小五郎（小学五年级学生），美少年侦探团的团长双头院学，在我说出那番话的第二天，就把我安排进了阿切里女子学院。就这样，我正式成为了阿切里女子学院初中二年级的学生。

手里的学生证如假包换。

父母对我都无言以对了。

我并不清楚他们是怎么办到的，估计是靠"美声长广"咲口长广，或者"美术创作"指轮创作的门路吧……毕竟以那两位的家世，如果他们是女生的话，肯定会进入阿切里女子学院的。

哎。

"真好呀，小眉美，我也好想转到女子学院啊！记得多拍点儿照片！"

"美腿飙太"足利飙太羡慕地说道——我又不是去游山玩水的，这个人是真的感受不到什么危机与紧迫感的嘛。照片嘛，毕竟是去做间谍，拍还是会拍的。不过，谁会给你啊！

唯一担心过我的是"美食小满"袋井满。我以前就觉得他是个不错的人。他在不久之前潜入过与指轮学园对立的发饰中学，进行过间谍活动，应该比较能够理解我的心情吧。

"眉美，你到底想做什么啊，我完全不理解你的所作所为，你是怎么得出这个结论的？好吧好吧，你不用说了，一会儿穿男装，一会儿又是兔女郎装扮，这次又想穿什么和服。就好比小说种类有那么多——悬疑小说、科幻小说、纯文学，还有少年读物——有的小说家却偏偏不选择特定的某一类进行创作，而是标新立异，自成一派。"

他既不理解我的心情，也没有太过担心我，话里话外只有讽刺的意味尤为强烈。

小说家不都是这样的吗？

上面的话先告一段落。总而言之现在是我转学的第二天早上——居然就轮到了由我来准备食物了。

这倒不是因为我运气不好。

不光是做饭，每一个住在宿舍里的学生都被安排了工作，用这里的话来说应该是"任务"。包括打扫寝室楼内和校园内、给庭院浇水、清洗衣物、修补打理，还要干农活……明明是一所汇集了名门小姐的学校，但这些事仍需要亲力亲为。这里不存在什么每日养尊处优，甚至可以说是一个斯巴达体系。我是被送到了绿山墙[1]吗？我感觉自己是叫天天不应，叫地地不灵了。

谢天谢地，目前只需要我准备食物……我可是一直在以温暖的话语为我送行的不良学生（我这么称呼"美食小满"，反正不良也是事实）身边观摩他的手艺（流口水了），反正在做饭这件事上，我没吃过猪肉还没见过猪

1　经典儿童文学《绿山墙的安妮》中，主人公生活的农场叫作绿山墙。

跑吗?

从某种角度来说,也是多亏了他,间谍行动现在还没露出马脚。不过我对他没有一丝尊敬和感激——我肯定不会这么快就原谅他。那个同级生(原同级生?)居然煞有其事般将我潜伏侦查的动机归结为对他校校服的好奇心。

说起校服——

私立阿切里女子学院的校服已经不再是传统的和服。那都是过去式了。

"那我们走吧,瞳岛小姐。让我略尽绵薄之力,给您打个下手。"

当我还在床上磨磨蹭蹭的时候,先一步换好衣服的七夕向我发出了这样的邀请——她身着长裤显出纤细身条,配上敞领长袖衬衫和领带,外面是夹克外套,一身男装打扮。

没错。

胎教委员会主导的教育改革已经席卷了这里,阿切里女子学院的制服如今全部变成了亮眼的男装。

3. 阿切里学生会办公室

我之所以想要进行卧底调查，就是为了证明自己在美少年侦探团里存在的意义，但谁能料到这里的情况已经复杂到了这个地步，男装人设已经如此普遍——在进行我的卧底任务之前，我对于可能会遇到的危机已经有了一定的心理准备，可也没想到会如此出乎我的意料。

接下来，我要装作游刃有余的样子，说明事情的来龙去脉。

完成转校手续和住宿手续后，我首先前往的并不是老师办公室或是校长办公室，也不是班级教室，更不可能是美术室。而是学生会办公室。学生会执行部不管是在少年漫画还是少女漫画中都经常出现，通常是统治全校的机构，但那都是作品塑造出来的，现实生活中的学生会执行部并不是什么所谓全校学生的代表，他们的日常不过是处理那些司空见惯的琐碎事务——这里的学生会却颠覆了我的认知。我非常希望大家可以了解一下阿切里私立女子学院的学生会执行部。

人类所想象的东西就一定存在吗？

学生会会长·加贺屋绮罗辉，二年级爱班。

学生会副会长·水松木知婆，二年级慕班。

会计书记·七夕七星，二年级想班。

她们……

是真的在统治这所学校——而且就在几个月前这里还不是这样的，还是一个非常正常的学生会。不过这里的正常也和我所知道的"正常"大不一样，解释起来有点儿麻烦，但至少当时的学生会还没有那个能力或者志向，通过把学生的校服改成西装的校规。

这所致力于"培育出遵循古礼、温文尔雅的大和抚子"的学校，多少年来，即便时代转变都未曾改变旧时运营方针，如今却发生了翻天覆地的变化。而这种变化就发生在我之前的那个转校生离开这里之后。不对，准确地说，那人的角色并不是转校生，更像是很早之前的在校生，不知道为什么非常理所当然地成了你的"邻座同桌"，然后又悄无声息地消失，好像从未存在过一般。

无法验明真身的"她"，名叫目口耳鼻科。

而"他"在指轮学园的名字是，沃野禁止郎。

悄无声息出现又悄无声息离开的刺客。

"瞳岛小姐，我们以前完全错了，以前的我们对大人言听计从，墨守成规，生活在压抑与束缚之中，与这个时代完全不符。现在的我们必须进步——向前走，我们应该成为新人类，不被任何人任何事束缚的新时代女性。而这只能靠我们自己亲手实现啊！"

学生会会长加贺屋对初次见面的我进行了激动人心的演说——在这之前，她突然对我这个对阿切里女子学院的现状一无所知、还穿着老套和服出现的人（要说情绪不高那肯定是假的）命令道："请您尽快剪烂这件污秽的衣服。"

这熟练的命令语气究竟是上流阶层的常态，还是——胎教委员会颓废计划的成果呢？

两者皆有可能。

把衣服剪烂这种要求也是够意外的，但要是我不做，那么被和式剪刀剪烂的有可能就是我了。所以我选择了接受这个"通过仪礼"——至少让我把剩下的布料带回去拿给那位称呼我为"眉"的公子哥吧。

他应该能修补如初吧……

学生会会长随后将阿切里女子学院的新制服拿给了我。

这衣服虽然上身穿着很舒服，我心里却不怎么舒服。

不过，这倒是有利于开展间谍活动啦。

"可……可是，穿成这样，老师会发火的吧……会惹老师生气的吧？"

"请放心。"

学生会会长加贺屋笑容依旧。自然，校服变更肯定是经过正常手续的，老师也不好说什么……类似的，发饰中学也通过投票更改校规，把校服改成了棒球夹克和兔女郎装。

想到类似的案例，我稍微放心了一点儿。虽然不是什么好榜样吧，但好歹有和这里一样的学校——但我还是高兴得太早了。

"那些迂腐陈旧的大人已经被赶出了这所学校，所有的课程都由我们来安排。"

事实居然比我想得更离谱？

连课程安排的权力都被夺走了？

与原本就管理混乱的发饰中学不同，阿切里女子学院给人的印象一直是素净、文雅而又纯粹的。面对胎教委员会过激的"教育改革"，阿切里女子学院的各个角落都受到了冲击，毫无还手之力。纯白的素锦总是极容易染上别的颜色。

这已经不能说是改革了，政变还差不多。

与这位学生会会长短短交谈了几句之后，我已经掌握了大概的情况。就在身为间谍的我甚至都开始考虑是不是可以打道回府的时候……

"瞳岛小姐，您来得正是时候，您不是接替那位咲口先生就任了指轮财团旗下指轮学园的学生会会长吗？我们本来就想向您请教呢！"

话说到这份儿上，我已经是无路可退了——而她随后的一句话更是让我改变了主意。

"希望瞳岛小姐能施以援手，助力我们的'M计划'。"

施以援手？

4. M 计划

当然了，这里的关键并不是"施以援手"这个带着老派阿切里特色腔调说出来的词，而是所谓 M 计划。这个计划听起来就瘆得慌，恐怕非比寻常——这些人到底意欲何为，又想让我帮什么忙？

尽管我不知道这些上流阶层的人之间交情如何，但听她把那个萝莉控称作"咲口先生"就可以猜到，这位学生会会长加贺屋非常容易被洗脑，可以预料，她是那种一旦相信某件事就容易深信不疑的性格——深受沃野的不良影响。她这般足以与指轮财团平分秋色的名门子弟在校内掀起政变，怎么看都不能算是一件好事……

M 计划。

她们在找传说中的麦克阿瑟资金[1]吗？年轻人口出狂

---

1 又称 M 资金，是二战后日本流传的一种虚假资金概念。据说，日本战败后，麦克阿瑟将军接收了日本银行地下金库中的巨额财富，并将其用于重建日本经济。但实际上，M 资金从未被证实存在，反而被广泛用于诈骗活动。

言是可以理解的，但这个年龄的学生会会长可不会说出要将"肮脏的大人"从学院内驱逐出去这种话。

这里已然失控了。

事到如今，已经无法回头了，至少得摸清 M 计划的内容——由此，间谍瞳岛的短期目标确定下来了。

"七夕小姐，请你带瞳岛小姐领略一下早已脱胎换骨的我们与正在进化的阿切里女子学院，也就是人类的可能性。"

于是我就和这位会计书记，七夕七星小姐成了室友——我本来还想着，等到了宿舍，我从舍友那里了解这里的详细情况后就溜之大吉。然而，很明显，我的计划泡汤了。我的人生并不总能如我所愿。

我并非没有与她独处的机会，但每天的值班工作实在太忙了，完全没有停下来细聊的时机。连说一句"学生会执行部的各位成员的名字都很特别，七夕小姐的也是呢"的时间都没有——傍晚的工作、晚上的工作、半夜的工作，以及需要通宵完成的工作实在数不胜数，如洪水猛兽一般，将刚转学过来还分不清东西南北的我吞噬了。所谓"请你带瞳岛小姐领略一下"并非社交话术。七夕小姐确实如兼职指导师一般，尽心尽力地指引着我。

发饰中学的颓废是以"怠工""放荡""懒惰"的形式表现出来的，现在看来那也说不上是好事还是坏事了。但不论是好是坏，阿切里女子学院的颓废并不是这样——相反，由于大人已被全部驱逐，大家的工作量也随之增加了。哪怕是勤劳的工蚁也需要休息！这些人到底懂不懂劳逸结合的道理？

我怎么会转学到这样一个地方？

想狠狠扇当初做出那个决定的自己两个巴掌。

所以，等到了和舍友七夕小姐独处一室的时候，我早已筋疲力尽，浑身肌肉酸痛（应该没人想到我这样的人也会有肌肉），躺倒在宿舍床上沉沉睡去……我没和她商量就选了上铺，虽然这可能有些不太礼貌，但我当时实在是有心无力。

顺便一提，在这之前七夕小姐并非一个人住，我也没有赶走她原来的舍友。住单间是学生会成员的特权——相对独立的空间便于她们专心工作，学生会会长却还是安排我住进了七夕小姐的房间。这样看来，她希望我能为

M计划出一份力并不是随便说说的。

嗯？你说什么？

"这所学校里的生活秩序井然，不过是校服变成了帅气的套装，阿切里女子学院也并没有传递出什么颓废的感觉不是吗？把大人赶走，一群孩子也可以把学校治理好，这又有什么不好的呢？"

好问题。只是，对我而言，这是一个讨厌的问题……可既然被问到了就不得不答。

我当然也喜欢不受大人控制的梦幻生活，但事情没那么简单。就拿早上轮值做早餐来举例吧，我现在正好在准备早餐——这里的学生早上五点起床，自己做早饭。

这项制度本身是很有意义的，可以让学生在认识到家务重要性的同时，学会珍惜食物。

直到数月前，学校提供的基本上都是日式早餐，菜单上有淋上了浓稠酱汁的晨粥、由最新鲜的鸡蛋制成的厚蛋烧（只有双黄蛋）、照烧三文鱼、完全不含化学调味料的味噌汤、自制的酱菜和纯人工摘取的茶叶所泡的茶。如果现在还要求做这种早餐，那我可就叫天天不应，叫地地不灵了，就算接受过不良学生的指导，我也是做不出来的——更何况我也不算接受过他的指导，我只是在旁边看着而已。

如今，严格执行膳食营养标准的大人们已经离开，阿切里女子学院的寄宿生从大早上就开始吃拉面了，虽然不至于吃方便面吧，但菜单差不多就是拉面、煎饺、炒饭和炸鸡块之类的。

这哪里是早饭，简直就是热量炸弹……要是让不良学生知道了，他绝对会发疯的。

早饭还算好的，学校里学生们吃的午饭变成了零食、甜品面包还有冰激凌——到了晚饭，甚至还有人喝酒。

我还不清楚这些初中女生喝的酒度数有多高，只听说是纯米酒和清酒之类的。但也可以看出，学生们的饮食已经完全随心所欲了。作为间谍的我在这种情况下本应该顺应形势和他们打成一片的，可我还没有那么高的身份觉悟，我装作不会喝酒的样子，逃开了——不过我也没喝过酒，不知道能不能算是"装作"。

现在情况已经了然。

一直以来以"成为大和抚子式的女性"为目标的她

们，把校服改为男装，这意味着什么，已经很清楚了吧。

也就是说，以前被规则束缚的阿切里女子学院，其颓败借由"打破禁忌"的形式表现了出来。

5. 大小姐的课程表

这里过去毕竟是专门培养名门贵族的地方，或许可以说是江山易改本性难移，五点起床和值班制这类制度保留了下来。所谓"打破禁忌"，看起来有些可笑……可惜再滑稽也让人笑不出来。

现代文学课＝看漫画。

古典文学课＝看以前的漫画。

化学课＝将洗涤剂混合在一起。

社会课＝打游戏（历史游戏）。

英语课＝学俚语。

居然是这样的课程安排——特别是化学课，这样的内容实在太危险了，简直就是把以前被禁止的事情正大光明地拿出来在课堂上做。这样的安排就连同处于青春反抗期的我看来也实在是糟糕。

情况不容乐观。

甚至相比起来，失去对未来的展望，堕落到接近自虐程度的发饰中学好像都稍显可爱了……不，这已经不是一个简单的问题了，这里的人都已经走火入魔了。

一场大和抚子发起的革命。

这绝对不是胎教委员会或者沃野的做法——难道这也是计划的一部分？

按照的是——M计划。

究竟如何呢？

"怎么样呢？瞳岛小姐，您在阿切里女子学院的第一天——肯定也遇到了一些让您惊讶的事情吧？"

已经不能用惊讶来形容了。

放学后，我再次造访了学生会办公室——还是和昨天一样，有会长、副会长和书记三位学生会成员，外加我这个转校生。

"也不能说是惊讶吧……嗯，恕我直言，我有点儿落汤螃蟹的感觉。"

"落汤螃蟹？"

加贺屋会长歪了歪头，但很快又恢复了正常——她似乎没能理解"落汤螃蟹"的意思。她看起来不像是词汇匮乏的人，这样的表现大约是教养使然……我应该用更正式一点儿的形容词的。

"投釜螃蟹?"

怎么听着越来越像菜名了?

"确实是有些惊讶。"

我在词语选择上做了妥协。

妥协对我如同家常便饭。

可不管是第一次的回答还是后面订正过的,都不算是我的真心话——在阿切里女子学院完整一天的体验,给我最直观的感受就是"傻眼",但这肯定又是阿切里语中没有的词吧……按照现在的课程设置,说不定她们以后会在现代文学课上的漫画书里学到。

"是吧,事实上,这里的建筑,不管是教学楼还是寝室楼都是公认的文化遗产哦。"

加贺屋会长的语气中充满了骄傲——可让我惊讶的不是那些。

"您不觉得这个舞台正是为我们的 M 计划所生吗?"

唔,突然进入主题。

这个人真不一般。

我一直在被值班日程追着跑,或者说是被这里的

"进步"所震惊，还没有来得及从七夕小姐身上问出点儿什么来（再另外提一嘴，我和她并不在同一个班级，我所属的班级是"情班"……"情班"？），要是能从制定这个计划的人口中听到相关的事情，那正合我的心意。

现在那位七夕小姐正和副会长一起守在会长的左右两侧——虽然她们穿着男装，但那副毕恭毕敬拘谨小心的样子，实在太有大和抚子的风范了。

了解我的人都知道我是一个神经质的人，正常来说和第一次见面的人共处一室的时候，我都会感到些许压力——但经过短暂的相处，我发现七夕小姐的确不是一个坏人，这一点我可以保证。我和她或许没法成为好朋友，可这是因为她为人品行端正——话虽如此，但她对于学生会会长的计划有点儿过于热衷了，甚至似乎比会长本人更甚。这点颇为让人头疼。

也就是说，她也是胎教委员会的支持者——从这个意义上说，我不可以和她走得太近。就算这样的担心属于杞人忧天，但小心起见，我们还是保持适当的距离吧。

顺便一提，副会长水松木小姐从昨天开始就没说过一句话——连自我介绍都是七夕小姐代劳的。不光如此，她还总给人一种莫名的压迫感，从昨天开始她凌厉的眼神就没离开过我……难道说我暴露了？

不对，如果真的暴露了的话，那我现在就不可能站在这里了……会和她们口中"上了年纪的大人"一样被赶走。

她对我可能是有防备之心的，毕竟我确实很可疑。

我要是一口咬住（享用？）会长抛出来"正题"不放，感觉会引起不必要的怀疑……说不定这些都是她们的陷阱。

我要不要稍微表现出没有兴趣的样子？

"嗯，M计划啊，话说各位的名字都很独特呢。"

这话一说出口我就后悔了。

我还不如不思考呢。

这种对别人的名字指手画脚的愚蠢行为，在对方看来说不定是对其父母与家族的冒犯——但加贺屋会长的回复更让我惊讶：

"您原来注意到了。"

她点点头，好像还蛮高兴的。

这个人是不会生气的吗？

我生来就不具备的东西难不成都在这个人身上了？

"真不愧是咲口先生的继任者，眼光独到。"

那当然啦，我可是"美观眉美"——她在引导我坦白身份？

自然是不可能的。

"这也是'进步'的地方哦，我们要对抗的就是那种对独特姓名的偏见，勇敢改变我们的名字。"

"欸，所以，你们用的是假名吗？"

"确实不是本名，但我们已经认定这才是我们的名字。"

这之后，她又花了一小时，围绕"全世界只有日本法律保留了夫妻同姓的制度"进行演讲——话说，我都要错过晚上的值班了。

仔细想来，父母这一辈的人应该也被她们归入了和老师们一样的"上了年纪的大人"的阵营吧——毕竟是这些监护人亲手将自己的女儿送到了这样一所满是教条束缚的学校。

给自己取一个奇怪的名字（既然她们自己不介意，那我就直接说了），这种行为乍看虽然可爱，但也是因为

不想和父母用一个姓，不想用"那样的"父母给自己取
的名字吧。

嗯，大抵就是这样——不过……

到头来"禁止持有手机"这个校规之所以还没有被
学生打破，就是因为还需要获得监护人的许可——是因
为萝莉控非要我带手机，我才知道这件事。为此，那个
萝莉控专门找到并说服了我父母。这个家伙，要把我的
家庭搞成什么样子啊！

也就是说这场内乱，家长们并不知情。

"会长，时间差不多……"

加贺屋会长的发言偏离正题太多，七夕小姐已经看
不下去了，她出声提醒道。

"嗯，那我就直入正题吧，瞳岛小姐，您是否已经领
会到了'M 计划'中'M'的含义？"

能够回归正题确实是一件值得高兴的事情，但这样
一来就变成她提问我了，由此可见，之前的打岔实在是
没有必要。

我把这个结果当作自作自受，试图思考问题的答案
（深度思考就免了）。

大概，不是麦克阿瑟（MacArthur）的M……也不是女士（Madam）的M……倒不如说，这与阿切里女子学院现如今所关注的事情完全相反。

"是……受虐狂（Masochism）的缩写吗？"

"受虐？"

这个词也超出了会长大人的理解范围——原来阿切里语里没有"受虐狂"这个词啊。

她们这些优等生是不会懂这种词汇的。

我对这些词的了解也没到可以进行深入解释的程度。她们只能通过漫画了解了……不是经常有人说什么"漫画把青少年都教坏了"吗？所以阿切里女子学院以前才会禁止读漫画，可是，事实究竟如何呢？

如果是不良学生的话，他肯定会讽刺说："没有人会因为看漫画就犯下那些滔天罪行的，最多是一些轻微犯罪罢了。"那么，过去那种严加管束的教育方式是否成功地让这里的学生健康成长了呢？事实上，完全没有。

这里目前的状况就说明了这一点。

"请不要装傻了，天才般的瞳岛小姐应该早就知晓问题的答案了。"

不知道她对我的评价为什么这么高。

我明明只是个庸才。

我想了想原因，或许是因为萝莉控长广的缘故，以及她从我的身上感受到了一丝反叛的味道——这方面，她的资历确实不如我啦。

"所谓'M'，就是'MUSEUM'的缩写。"

"'MUSEUM'？"

也就是——音乐厅？

6. "MUSEUM（美术馆）计划"

开个玩笑，只是发音上和"MUSIC"有重叠的地方，"MUSEUM"的意思并不是音乐厅，而是美术馆。

所谓 M 计划，全称为"美术馆"计划。

加贺屋会长作为焕然一新的阿切里女子学院的领头人，想要开展的计划，就是将被列为文化遗产的教学楼和宿舍楼，作为美术馆对外开放。

难怪她会这么说。

原来如此，毕竟世界闻名的卢浮宫美术馆在过去也曾是王室居住的地方。这么看来，确实没有什么地方会比这里更适合做美术馆。这里是连学生家长都不被允许进入的禁地，将这个封闭制女校的大门向所有人敞开，无疑是开展进步解放运动必须走的一步。

政变的关键都是相似的，这场由少女们发动的革命也是如此——如果没有被社会认可，那无疑会遭到"上了年纪的大人"的反击，最终归于平静。

原来如此。

我在心中不住地叹服，但另一方面有些失望——我似乎不该这么说，毕竟这不是什么应该感到失望的事情，我应该是松了一口气，感到安心才对。

可我确实有一种扑空的感觉。

怎么回事，她们的计划不是挺好的嘛！

为什么会让我感到恐惧？

或许昨天在学校参观的时候，我已经被大小姐政变的"毒气"所蛊惑？有很多不好的事情涌入脑海，但仔细想想，并不是所有变革都是错的。

原来的私立阿切里女子学院封闭而守旧，谁都无法将其理念视为绝对的正义——既然如此，我不会吝啬伸出援手。

尽管没法公开我的真实身份，但起码现在，我还是实打实的美少年侦探团的一员，对于美，我有着自己的见解……不，说实话，我对美的理解并不深，只不过比起阿切里的"任务"，总归要更熟悉美学一点儿。我可以灵活运用自己在琵琶湖中的帕诺拉马岛上的五个美术馆里的所见所闻，同时，悄悄地对胎教委员会展开调查……嗯。

不对不对，等等，等等等等。

这所学校的教学楼和校舍，不管是从设计还是构造，都完全达到了美术馆的水准——足以获得最高的评价。可是，里面呢？

阿切里美术馆要展示什么呢？

一种不祥的预感在我的心头弥漫开来。

要是胎教委员会以及沃野也和这件事有关联，那就不是预感，而是现实了。

"或许，瞳岛小姐您已经看过了……您知道我们制作的电影短片《裸体的女王蜂》吗？"

我知道，也已经看过了。

我就是因为那部电影短片才出现在这里的——《裸体的女王蜂》是胎教委员会举办的电影节的夺冠作品，也可以说是阿切里女子学院这场变革的端倪和线索。

"回过头来看，那部作品确实稍显生涩，但我从中感受到了一种成就感——不光是成就感，这是第一次，我真正感觉到自己还活着。"

加贺屋绮罗辉人如其名，她神采奕奕，眼睛里闪烁着绮丽的光芒，和她"重生"后的名字十分相配。

"我相信那才是新时代女性得到解放的美丽身姿。"

"美丽……"

"那对我们来说是必然的阶段，跨越它也是我们必然要达成的目标，所以……"

接下来她坚定地向我介绍了 M 计划最核心的内容："在未来的阿切里美术馆里，我们要展示全校学生的大尺寸的裸体照片。"

7. 水松木副会长

听完这场和受虐狂计划一样疯狂的演说，我已是坐立不安，立刻冲出了学生会办公室——怎么办？和极其可怕的计划扯上关系了。

好可怕好可怕好可怕好可怕好可怕好可怕好可怕。

事情完全超出了我的预想，其炸裂程度足以让我瞠目结舌，感觉自己已经不知不觉深陷危险沼泽之中了——这不是夸张，而是现实。

被守旧的价值观与伦理观念所束缚，与外界的交流也受到限制的女中学生们，在获得了全国性比赛的大奖后，做出了这样让人惊掉下巴的决定。

陈列女高中生裸体照片的美术馆？

这已经不是颓废不颓废的问题了，完全就是犯罪，穷凶极恶的犯罪。

虽然之前天才少年给我画的裸体像差点儿就被公开了（详见收录于《绿衣的美少年》中的《美少年盗贼

团》），但那尚且还只是画作——要是照片就完全不一样了，不管是事件的规模，其中代表的意义，还是切入问题的角度，都会发生翻天覆地的变化。

而且，全校学生的照片？

连那部音乐剧形式的电影《裸体的女王蜂》也没有让参演人员全裸上镜，而且并没有影响到全校学生……关于那到底属不属于艺术，也是众说纷纭。但要全盘否定，似乎还为时过早，仍有讨论的空间。

这种行为是有意义的，也让她们感觉到真正的活着——但以学校为舞台，让全校学生都参与到这样的活动之中，怎么说呢……与其说是艺术，更像是一场政治活动。

甚至可以说是一种抗议行为。

是足以写进教科书的起义事件——效果是有的，和艺术一样，那些示威抗议也不是三言两语就可以否定的东西，它们有其发生的意义，在人类历史进程中也不可或缺。

先人为了争取言论的自由而付出的努力是我们这辈人难以想象的，我们不应该用一些不痛不痒的话来否认其存在和发生的意义，并禁止那样的行为。至少要自己做出判断，充分理解问题的本质，从而合理地否定……绝不能屈从于外界的压力。十几岁的小孩确实应该有自己的主张——世界的决定权不应该被完全掌握在别人的手里，我作为一个十四岁的女生（穿男装的女生），完全可以理解她们的想法并产生共鸣。

但……那些孩子真的懂得这样做的后果吗？

以这种方式反抗那些想要将她们培养成大和抚子的"上了年纪的大人"，到底会产生多严重的后果——要知道，光是公开天才少年所画的我的裸体画像，都足以动摇指轮财团的根基。

这次的"革命"如果真能达到她们想要的效果，那产生的骚动将扩大到国外——联合国以及大国峰会什么的都有可能把它当作议题。

更别说加贺屋会长大人的设想已经在朝着无法控制的方向发展了。

"可能赶不上开馆时间了，但我们计划未来会制作同学们的裸体雕像。如果将入学时和毕业时的裸体雕像放在一起同时展示，就能表现出少女们值得夸耀的成长了。

当然了，馆内还会配备餐厅供参观者进食休息，其中的特色料理便是女体盛[1]……"

不知道受虐狂，却知道女体盛，这也太奇怪了吧——如果不良学生听到肯定会震怒。这难道就是语文课的"成效"吗？大小姐们所学习的到底是什么样的知识啊？

电影的成功体验居然会让人变成这样——这已经不是艺术抑或民主行动了……这像是一群涉世未深的小女孩受到鼓动而选择脱衣服一样……她们绝对会后悔的……

听完这样的言论，就连我也无法完全沉默下去，我委婉地表达了对全裸行为的担忧，没想到竟遭受到了非常直接的反驳。

"您是说女孩子就应该穿裙子吗？您这样的人怎么也会说这样的话。"

我可没有这么说，不过，如果要从裙子和全裸中二选一的话，还是选裙子吧……

1　原文"女体盛り"，指的是将寿司、刺身等食物放置在女性裸体上供人食用。这种文化在日本被认为是一种结合了艺术与表演的独特的艺术形式，但在其他文化中可能会引发争议。

要想反驳用戈黛娃夫人的故事[1]和裸体沙滩精神作为自己理论武装的加贺屋会长，以我目前所作的准备还是不够的。毕竟我也不曾设想会发生现在这样的情况。

作为美少年侦探团的成员，我一度将自己视为团队的中流砥柱，自认为那五人的胡作非为给我添足了麻烦。可当我发现，即便我缺席，整个团队也可以照常运作——我痛心疾首地领悟到，一切不过是我自以为是的误会。尽管早已深知自己的力量微不足道，我也有底气说出这句话：我必须做点儿什么。

她们已经拒绝了来自监护人的守护，要是我再不做点儿什么，那么全校学生都将深陷泥潭。不仅如此，要是她们的这种行为再传染到别的学校那里……形势刻不容缓——

总之，我完成了作为间谍的短期行动目标，即搞清楚 M 计划的内容。我想先去阿切里宿舍收拾一下行李，然后回一趟指轮学园，于是，我回到了宿舍。可没想到

1　戈黛娃夫人是 11 世纪考文垂统治者麦西亚伯爵利奥夫里克的妻子。相传，为了帮助百姓减轻赋税，戈黛娃夫人曾答应丈夫的无理要求，赤身裸体在考文垂城内骑马绕行。

背后突然冒出来一个人，抓住了我。

对方抓住的是我的手腕，差点儿把我吓个半死——看样子从我飞奔出学生会办公室开始就被跟踪了。

来人是水松木副会长。

我的脸色应该不太好——坏了，这个人果然对我有所怀疑，估计是我当时对加贺屋会长的冲动反驳（确实有点儿欠考虑）让她加深了对我的怀疑。

完了，作为阿切里女子学院绝密项目 M 计划的知情人，我要是身份暴露，会有什么样的结局呢？现在只有后悔，我收拾什么行李啊，果然行李就是拖人后腿的东西。潜入别的学校进行间谍行为，这可不是被抓住以后赔个笑脸求饶就能解决的事情……

"你其实不是什么转校生吧？"

水松木副会长终于开口了，不过依旧紧握我的手腕不松手——和一直紧盯着我时传递出的那种冷静透彻且强硬的感觉不甚匹配，她的声音莫名有些沙哑。

啊，果然。

落网的间谍吓得一句话都说不出来。

"拜托了，帮帮我们。"

她又说。

她的脸色比我还不好。

"我[1]不想参与什么 M 计划。"

她用的是男性第一人称。

---

1 此处日语原文为"僕",是男子指代自己的词。

8. 求助

把插科打诨作为章节的结尾是我的习惯，不过仔细想想，身穿男装的水松木副会长用男性自称其实并没有什么毛病——反而是穿着男装却一直用女性第一人称的加贺屋会长和七夕小姐在人设塑造上做得不够彻底[1]。

不过，听她的口气，她似乎不愿意打扮成男生。

"这所学校的一切，现在都不正常。"

她摇了摇头，始终紧紧握住我的手腕。这感觉不是担心放走了间谍，更像是抓住了救命稻草，不肯放开一样。

她把我带进了她的宿舍——也就是单人间以后，也还是没松手。

"为什么大家都不觉得奇怪呢？学校不是学习的地方吗？拍大尺度照片，还要公之于众，还不如让我死了，

1　加贺屋绮罗辉和七夕七星使用的自称是"わたくし"，是日语中一种非常正式、礼貌的第一人称代词，女性使用的频率较高。

这绝对不是正常人应该做的事情。"

她的情绪如同决堤的洪水……眼泪汪汪，看来沉默冷酷不过是我对她的偏见。

一直盯着我是因为她要向外人求助，希望找到一个与我独处的机会——考虑到沃野（目口耳鼻科）也是以转校生身份进入阿切里女子学院的，她没有盲目向我求救，而是试图搞清楚我的真实身份（毕竟如果我是胎教委员会再一次派来的人怎么办——说不定这正是会长大人所期待的）。应该是我对M计划近乎条件反射性的否定让她下定决心接近我。

本以为会让我暴露间谍身份的行为，却带来了意想不到的成果——这个世界上总是有一些瞎猫碰上死耗子的事情。

明明是被请求帮忙的那一方，我的心情却如同等到了百万援军一般——这证明阿切里并非铁板一块。

虽然七夕小姐是真心为学生会会长加贺屋的M计划所倾倒，但至少还有学生是因为不敢违抗学生会会长的命令，或者受到身边人的压力，才选择这么做的。

而且这样的人不在少数。

没有才奇怪——之所以会形成现在的局面，只是因为很多人无法表达自己的想法罢了。这就是所谓沉默的大多数吧……她们害怕和身边的人不同，即便身处地狱。

这样一来突破口就有了。我还没有想到什么好的计划，但起码我还有机会……保护所有人。

"以前会长明明不是这样的人……她会变得如此奇怪，都是因为目口耳鼻科。"

水松木副会长摇了摇头。

不，现在可以不用加尊称，直接唤她水松木了。

"她到底是怎么想的，为什么要邀请外人进学校呢？要是被人发现我们在这里种烟叶酿私酒的话……"

居然还有这种事。

我只调查了一天，自然无法事无巨细地掌握清楚情况。现在的情况表明，她们已经在做更严重的事情了……而她们根本没有意识到这意味着什么。

从小生活在温室里不知堕落为何物的大小姐，应该干不出多么出格的事情——这样的猜测还是有点儿乐观了——不如说，正因为她们不知道何为堕落，所以她们们不懂得适可而止。

"我从小就很调皮……怎么也做不到温柔娴静……所以非常憧憬能够成为大和抚子式的女生，因此转入了这所学校，有幸认识了会长这样的人——虽然古典舞蹈、抚琴弄墨，我完全不擅长，可是那些课程怎么也不应该变成街舞和流行音乐教学吧？我无法接受。"

她无法理解目前的情况。

身为这里的一分子却无法完全认同这里的新校风，多么讽刺。

她也没有用阿切里特色的腔调说话。

每个人都有擅长和不擅长的事情，没有人会一生顺遂如意，水松木天生与琴棋书画八字不合，这却反倒救了她自己一命——不，现在下结论还太早了。对现状感到疑问，却无法改变的话，说不定还不如像七夕小姐一样深信不疑学生会会长加贺屋的理念呢。

"我虽然不擅长做日式料理，但我很喜欢它的口味……要是我们的餐食继续像现在这样，迟早会把身体吃垮的。我没办法直接拒绝，就算心里很清楚。"

"没办法拒绝……"

"请不要取笑我光说不做，我无法脱身，没办法丢下大家逃跑，更何况我也是同伙。大家抱着有趣的心态拍电影的时候，我也很兴奋……"

等回过头来才发现自己已是深陷泥潭，而且越陷越深。

这样的事情说来也不在少数——悲剧都是相似的。

一步错会引来步步错。

"我已经不想称呼其为什么作品了，也不是什么不成熟的产物，而是单纯的耻辱。可是会长还在以此为荣……M计划也是同样的，我都看在眼里，会长早晚有一天会后悔的，你说，我，到底该怎么办才好？"

如果是从前的我，一定会脱口而出"不知道"——放在上周，估计我也会这么回应她。

但今天的我已然不同。

瞳岛眉美最后的行动，怎么能以"不知道"落下帷幕——情绪慢慢在心中积聚。

打破禁忌就是艺术？

不对不对，"固执己见，别人说不能做还偏要做"这种行为比"事事言听计从"更糟糕，在艺术领域更是如此。发表之后，人们才意识到它触及了某些重要的甚至被忽视的禁忌或问题，这样的作品才是真正有价值的作品。

我把另一只手放在了一直抓着我的手腕不肯松手的水松木的手上。

"尽可能多地告诉我之前的那个转校生的事情，她说过的话、做过的事、言行举止还有小动作什么的，都给我讲一讲。作为回报，我会告诉你——不，会让你看到……"

美观眉美要让这里的人知道：

"真正的美为何物。"

这是我的 M 计划，眉美计划。

9. 考察部分

我怎么如此大言不惭,那接下来要怎么做呢?

学生会会长加贺屋打算直截了当地从社会角度提出问题,强调改革的必要性,但这种做法到头来也不过杯水车薪,她们的所作所为只会沦为一段饭后谈资。综上所述,理在我,但我不觉得讲道理就能获得那位大小姐会长的认同——无论我怎么拐弯抹角地表达自己罕见的良苦用心,她都不会回心转意。甚至,我的劝说反倒会使她燃起斗志。

我并不讨厌她好强的性格。

她确实是一个容易上当受骗的领袖,不过,说她是我迄今为止遇到的对手当中实力最强大的一个也不为过——而现在我必须为了守护这样的敌人而战斗,我这是碰上了什么事啊!

放在平时,我会把这个议题带回指轮学园的美术室,召集全员举行侦探会议(或者是"被团长称赞的会议")

一起讨论一下，可这次无法采用这个方法——我无法仰仗那五位美少年的协助，无论如何也不行。

我也知道这是一种无聊的坚持，可这个原则必须坚持到底，这是我最后任务的核心。

如果在这里掉了链子，全局都会崩坏。

再让我多为自己解释两句，这并不完全是我的虚荣心在作祟……那五个美少年，说到底是少年，是男生，是男的。

而在这里，虽然全校学生都身着男装，可毕竟美术馆里展出的是女生的裸体照片，我尽量不想把他们牵扯进来。

想到这里不禁有些好笑了。

谁能想到瞳岛眉美作为美少年侦探团唯一的女性成员，在最后的最后要发挥如此重大的作用呢！

当然了，只有我这位唯一的女性成员将这个重大的任务圆满完成了，才确实是值得高兴的事情——废物如我要是在最后的最后搞砸了一切，那就连笑都笑不出来了。

整理一下目前的要点。

　　说是"圆满完成"，但从现实角度考虑，单凭我一个人的能力解决私立阿切里女子学院里的所有问题，那确实是不可能的。我做不到，而且就算能做到，也不应该做——如果那样做，到头来就和沃野的所作所为没有区别了。只不过是各自处于不同的极端而已——在这一点上我无法满足水松木同学的期待，对此我感到非常抱歉，如果依靠从天而降的超级英雄的帮忙来解决全部困难的话，未来她们将更加迷茫。

　　总的来说，给不幸中的人以金钱的救济所解决的也只是当下的问题，对于未来于事无补——靠自己的双手打拼的未来才是应该前往的终点。

　　不对，终点应该也不止于此——还要能为素不相识的他人设身处地地着想，做到"授人以渔"。在他们五个人的引导下，我已经达到了这个阶段——否则我绝不会沾染这么麻烦的事情。

　　而我要以这个终点作为人生的另一个起点。

　　水松木同学含泪祈求我，不要指责她光说不做，但我还是要说，她完全可以靠自己的力量做出选择——如果不这么做，早晚有一天会自食恶果。只要胎教委员再派新的刺客过来……不对，都不需要他们做什么，这里的学生会就会陷入更深的渊薮之中。而曾经堕落过的人要想回头，简直是难于登天。要避免这种情况发生，她们就需要学会自律——或是自立？那才是会长所谋求的进步吧。

当然了，凡事皆有例外。

教导马上就要饿死的人靠自己的双手撒种耕地填饱肚子是毫无意义的，敦促从悬崖上跳下去的人凭借自己的力量获救也是天方夜谭。所以现在最要紧的、最十万火急的就是阻止 M 计划，这件事必须由我来完成——这是我当下做出的紧急判断。

用我的双手……不对……

是用这双眼睛。

用美观眉美好得过头的视力来完成。

10. 在多媒体教室

俗话说，好事不宜迟，但实际上不管好坏，任何事情都不可拖延……现在的情况更是如此。眼下我要做的可能真的会被认为是保守派的守旧行为，就像是看到苹果从树上落下然后条件反射想要去抓住一样。虽然对于苹果树来说，掉在地上反而更有助于种子的散播，而且要是牛顿没有目击苹果的落下，牛顿力学也不会被发现……即便如此，我还是要立刻采取行动。与其想这些没用的，还不如做些更实际的事情。

得抓紧点儿。

听完水松木同学的陈述（实际上根本不需要任何交换条件。就算她不告诉我胎教委员会的事情，我的任务也已经确定，绝不会袖手旁观。她之所以这么做，大概是因为太紧张，一时间无法理性判断），我在女生宿舍的走廊里穿行，从副会长的房间走到了学生会会长的房间。

可是里面没人。

欸？马上就要到门禁的时间了。

连门禁也不遵守了吗……还是有什么任务或是安排？我这么风风火火地赶来，目标人物却不在这里，也是束手无策……这种时候，禁止持有手机的规定确实耽误事情。我又悄悄回到了水松木的房间，不抱希望地向她打探会长可能的去处。

"可能还在教学楼那里，会不会是在多媒体教室？"

她猜测道——多媒体教室啊。

不过是常见的活动教室，但在了解了 M 计划的内容以后，这个教室使我感到了一种危机感。

我径直前往，果然没有猜错。

多媒体教室里，加贺屋会长正一个人兴高采烈地整理着照相机和摄像机等器材——连对这些器材不甚了解的我都能看出，这是电视台才会用到的顶尖器材。

那台看起来好像把两台合在一起的摄影机，不是专门拍摄 3D 或者 IMAX 作品的设备吗？难道是要用这种机器来拍女中学生的裸体照片？这个人真是……整理这些东西是很费力的，但她没有叫别人来帮忙。或许是因为这些看上去像是刚刚购入的相机设备，是她给她所爱的阿切里学生准备的惊喜。

嗯。

不管怎样，她现在一个人在这里正合我意。过于沉浸在自己的世界当中的她并没有发觉我也走进了多媒体教室。为了做好开设美术馆的准备而如此辛劳的她，看起来倒像是学生会会长的模范。

"啊，这不是瞳岛小姐嘛，是赶来帮忙的吗？还请您保密，不要告诉水松木小姐和七夕小姐哦。"

终于注意到了外人侵入的她悠闲地说道——从这句话来看，我的推测八九不离十。

先不说七夕小姐如何，告诉我这间教室所在的正是水松木同学，她应该是隐约察觉到了什么吧……怪不得她那么紧张，加贺屋会长的惊喜对她来说根本就是惊吓啊。

"这样啊，其实我有话想和加贺屋会长说，同样希望你——希望您能为我保密。"

我主动提出了秘密会谈的请求，解释了我为什么之前在学生会办公室里没说——因为希望能单独和她进行交流。

这样的行为可能会被认为是多此一举，有点儿吹毛求疵了，但我还是想把一些可能引起她怀疑的矛盾点提前说清楚……不希望会长觉得水松木同学告诉了我什么不该说的。

"请讲，不管是什么内容都可以，这就是我的职责。"

她立刻停下了手上整理器材的动作，和我面对面——表情格外真挚。想到我接下来要欺骗她这么好的人，良心不禁隐隐作痛。但又想到她本身就正处在骗局当中，良心便不痛了。

严格来说我并不是要骗她。

我只会跟她说真话。

"其实我想和你……和您说的正是关于M计划的事情。"

"欸？"

她并不是对我尚且不甚熟练的用词感到不解，而是本来就觉得我找她会是说一些更私人的事情，所以才会面露惊讶——没关系，这确实也是私人的事情。

简直私人至极。

"我想我之前已经说过了，我认为这个计划确实非常不错，能够有如此创新性想法的您，简直可以称得上是新时代女性的典范，不，是新时代的女神。"

为避免冲突，我选择从夸赞入手，但我实在不擅长奉承人……只能照猫画虎。自己在学生会办公室里明确表达反对意见的事，就像没发生过一样。

我怎么这样。

但会长并没有对我的反复无常产生什么看法，"哪有，哪有，谢谢您的认可"，只是这样谦虚了两句。

"关于这个计划，我还有别的想法，比如可以给参观者分发纸笔，让他们给现场的艺术写真投票，评选出最具艺术感的照片。艺术界的竞争也是很激烈的，有切磋才有进步，这场活动才能热烈起来。我可不想让阿切里美术馆变成田园诗般的乐园，没有竞争也没有进步。"

"啊，那真是太好了。"

一点儿也不好。

我们明明在追求新时代的女性形象，追求强大的女性形象，可她费尽周章举办的活动不知为何竟变成了旧时代选美比赛一样的东西……而当事人还没有意识到这一点。

俗话说，人贵有志。

话说，时尚秀场上有这么一种说法，"只有 T 台是光鲜亮丽的，后台其实和战场一样混乱——在休息室里的模特，脱衣服、换衣服都是顾不得旁人的目光的"。这种情况近几年终于有了改变，模特开始要求能更换衣服的私人空间。确实，仔细想来，后台的混乱情况是可以通过合理的安排来避免的。忽视家庭和生活，甚至人权，以证明自己是一流艺术家的这种观点，我不敢苟同。

做事竭尽全力是一种美德，但如果这是别人强求的，那就不一样了——并不美好。

努力是一种权利，而非义务。

努力的义务，这话听起来不奇怪吗？

"会长，很感谢您的邀请，但恕我直言，我无法助力 M 计划。"

"欸？！这是为什么？您是说您接受不了这种新变化吗？现在可是二十一世纪！快睁眼吧！"

她走到我的身侧，抓住我的肩膀使劲摇晃——想要"叫醒我"。她并不是因为听到我的拒绝而备受打击，而是真的希望能通过这样的行为开化我落后的思想。

现在的确马上就到晚上了，但要清醒一点儿的是你。我很想对她说这句话，却无法说出口。梦境和现实之间的距离其实没有想象中那么遥远——和噩梦的距离也同样如此。话说，我应该感谢她这么快就帮我把话题引到"眼睛"上来。

"因为我马上就看不见了——不管加贺屋会长您创办了多么具有艺术感的美术馆，采用多么高级的设备，拍摄出多好的照片，我都没办法亲眼看到了。"

11. 瞳岛眉美

四眼妹这个词大家应该不陌生吧。

还有四眼仔。

眼镜在一些娱乐作品中经常被作为某些角色塑造的附属概念，或者说"萌点"。但仔细想想，这些词其实很冒犯人。

先不说这个，前面一直没有机会，现在差不多是时候讲一下我的视力了——请大家关注一下，美观眉美的绝佳视力。

超出正常限度的视力。

我的视力很好。

光是用"好"来形容还不够，应该是"超级无敌爆炸好"。

不仅能像望远镜一样远望，还有显微镜的功能，可以看到极为微小的东西——可以进行 X 光检测，还能像热成像探测仪一样检测出温度的变化。一句话总结就是，什么都逃不出我的眼睛。即便是远在天边的星星，也无法逃出我的视线——由于我贫弱的大脑实在无法接收如此巨量的信息，所以我平时都会戴着定制的眼镜，抑制自己超群的视力。

可是最近，我的视力已经发展到连特制眼镜也无法抑制的程度。

在作为美少年侦探团成员活动期间，我的视力再次爆发性增长——可能有人会说视力变好了不是好事嘛，可惜要付出的代价也是巨大的，视力不停消耗着我眼球的寿命。

也就是说我（因为不想把气氛搞得太沉重，所以特意说得很轻松）面临着失明的危险——说是危险，其实已经是板上钉钉的事情。就像太阳东升西落一般——我已经被医生宣告了这样的结局。

我的视力维持不到明年。

到时候，我的眼前只会剩下无尽的黑暗——过去的我也曾经抱怨过这双眼睛给我的人生所带来的不便，但说实话，我也不是没有享受过它的好处。事到如今，好坏已经可以相互抵消了。这不能说是一场绝佳的交易，但至少还不赖，不管这是和天使还是和恶魔的交易。

比如说现在，在可能直接摧毁阿切里女子学院的M计划即将登场的时候，我的视力成了有效的突破口。

"我很快就会瞎掉，因此，加贺屋会长所说的美术馆构想对我来说毫无意义，裸体照片的投票活动亦是如此。"

"这个……可是……"

会长大人难掩疑惑。

她刚才正十分严肃地表达着自己的观点，所以当我真的说到严肃的事情（算是吧）的时候，她有点儿无言以对了——即便是用阿切里式的语言。

我有自己做事的原则，不会像她一样道德绑架对方。不管是美术馆，还是时尚秀场，抑或是人生，最重要的都不是"应该做什么"，而是"想做什么"。我们需要浪漫与美学。

"请不要误会，加贺屋会长，重点不是我即将失明的眼睛——我从很早以前就接受了这个既定的结局。留给我做好心理准备的时间实在太充足了，所以我并不害怕失去……问题在于，我的视力实在是好过头了。"

虽然这对我来说已经习以为常——我不想用"透视"这种夸张的词语形容。不过经过不断地锤炼，我的视力确实已经发展到了能够隔墙观物的程度。

单薄的衣物更不用说。

不光是这所中学里的大小姐们，对于美观眉美来说，男女老少的衣服，毫无存在的意义。裸体既不是禁忌，也不是行为艺术。

"对于我来说，这场展览没有什么意义，去大马路上完全可以看到更加丰富的'作品'，我很高兴您能邀请我，我也想要加入到M计划中，但说实话，阿切里美术馆里没有值得我欣赏的作品——哪怕我还没有失明。所以我并不觉得特地建立这样一个美术馆有什么意义。"

我是不是演得有点儿过头，甚至有点儿挑衅的感觉了？

这样不太好吧？

声明一下（以防有一些单纯的读者误解了我的意思），我前面的主张其实经不住推敲，如果要经第三方委员会评估的话，大概会被判定站不住脚——我相当于在说"本人不认可的作品就是没有价值的"。

这是一种危险的思想。

完全是自以为是。

所以我们的对话必须在一对一的情况下进行——并非因为谈话内容涉及个人隐私。虽然我的出发点是好的，但总有种要去骗人的感觉。现在不是难为情的时候，只要能让加贺屋会长先打消 M 计划的主意……都不用完全放弃，只要暂时先保留这个想法就已经是万万岁了……我会欣然接受之后的批评。

可是，后来的事情并没有按照我计划中的样子向前推进……反而在把我自己拉下水。

射出去的箭正中了自己的眉心？

不愧是担任阿切里女子学院学生会会长的人物——胎教委员会和沃野把她当成可操纵的棋子，所以我从某种角度上，把她视为了最大受害者，误判了她的能力——这是美观眉美不应该犯的错误。

她不是一般人，不会被我一两句话就说服，更不会就此认输。

也是因为这个原因，胎教委员会才会找上她——

"既然您都这么说了，瞳岛小姐。"

在经过一段时间的沉默与思考过后，加贺屋会长像是下定某种决心一般——对挑衅的我发出了挑战。

双方的对话有了对立的意味。

"您心里应该已经有了别的更好的方案吧？既然您对创作上的视觉刺激不屑一顾，艺术观要远远高于我们，那么，如果将阿切里美术馆的策划任务交给您的话，想必您一定能将我幼稚的艺术展示以一种更美丽的方式展现出来吧？"

"当然！如果我没做到的话，作为交换条件，可以把我的裸体照片印在广告宣传单上！"

欸？

我刚刚说了什么？

12. 考察部分 2

虽说还没有一败涂地，但明显也没有成功阻止事态进一步恶化——与 M 计划的牵扯反倒更深了。本意想要阻止 M 计划的我，现在却面临着成为推动者的危机。

宣传单。

那种东西一旦被大肆分发，传到美少年侦探团成员的手里，那我就不要想再回到指轮学园了。轮不到我自己主动退团，就会被直接驱逐。

不过我也不是什么完全的受害者——条件是我自己主动提出来的，算不上是被迫，而且还得到了对方的承诺。

如果我提出来的替代方案能得到加贺屋会长的认可，那么不仅裸体照片展览会被取消——

"到那时，请告诉我您的本名。"

突然感觉不太平衡。

乍一听好像是很酷的台词，但其实并非如此，我不过是在情势逼迫下不得已签订了不平等条约。

我到底在做什么啊！

话说回来，我已经从水松木同学那里得到了有关沃野——目口耳鼻科的信息，事到如今……但是，我或许还是应该提出类似的交换条件，通过加贺屋会长获取更多信息。情报自然是越多越好，别忘了我是作为间谍来到这所学校的。

综上所述，情况变了，而且是发生了翻天覆地的变化。

总是将视线聚焦于天空，而对艺术充耳不闻的我，现在居然要负责美术馆的策划展示——主题还是"不依赖视觉的艺术"。

我可是"美观眉美"，我唯一的美点在这里也丧失了用武之地。

不，现在绝望还为时过早……换个角度思考一下，这和胎教委员会主办的电影节的主题"皇帝的新衣"的核心——"笨蛋看不见的衣服"并不是毫无共通之处。

由于电影节的时候，我被"禁足"了，没能参与到电影制作中，所以或许我还能实践一下我当时没被派上用场的想法呢——不对，不太行。

先不说主题是什么，影视作品本身是最注重视觉效果的——夺冠作品《裸体的女王蜂》就是一个很好的例子。而这次我要追求的东西正好与其完全对立，所以就算炒冷饭，也还是要下相当大的功夫的。

唯一值得欣慰的就是，和电影节的时候不同，没有必须在二十四小时内完成的苛刻时间限制。可这也并不意味着我有充裕的时间……加贺屋会长不会一直等待我的回答。等到她那边的摄影器材都准备好了，自然会开始下一步的拍摄工作……不知道她一个人的准备工作会花费多少时间，所以我最好也给自己设定一个时间期限。

那就计划在一周内给出实质性的进展吧。无须将计划付诸行动，但我要在这个时间范围内给出我的方案。这不是完全不可能的任务……时间限制尚且好说，难点在于如此重任完全压在了我一个人的肩头。

"嗯？"

不，我不是一个人。

我一度自以为我必须独自完成最后的这项任务——不这样做我就不配被称为美少年侦探团的成员。可等到冷静下来，我意识到这个想法其实并不对。

简直太幼稚了。

还记得美少年侦探团的团规吗……那四条团规。

"必须美丽""必须是少年""必须是侦探"——还有第四条，"必须是团队"。

身处在一个注重团体行动的团队中，却萌生出单独行动的念头，我简直是成员失格，就算不去强调什么最终任务，我也已经不配称为美少年侦探团的一员了——尽管如此，团长小五郎还是同意了我的单独行动计划。

为我送行。

也就是说，即便我现在是孤身一人，其实我背后也是有一整个团队——美声长广、美腿飙太、美食小满、美术创作，还有美学之学，他们都与我同在。

我们的心紧密相连。

即使是一个人，我们也可以进行团队行动。

即使是一个人，我们也宛如一个团队。

没想到我现在才明白这个道理……这也许有违第三条团规，毕竟从没见过哪家侦探会这么迟钝。那么就行动吧……不需要特殊行动，只需按照美少年侦探团的常规做法。

如果是平时，我们会怎么做呢？

一般会全员齐聚在美术室里喝下午茶——不，是举行会议，大家各自进行推理，团长非常喜欢这样的形式。

开启吧，脑内美少年会议。

他们五个人，加上我就是六个人，我们会如何应对这个挑战呢？

13. "美声眉美"

　　幸好我大体了解他们的想法——即便无法做到完全理解，但是模拟思考模式是完全可能的。我在以前的那些会议上并不仅仅是喝喝茶做做样子而已。

　　作为成员我可没怎么缺席过。

　　其中最好模拟的就是副团长咲口长广——前辈的思考方式。除了是萝莉控这一点以外，他反而是成员中比较正常的人。不管怎么说我也是学生会会长的正统接班人，同是学生会会长，咲口长广的想法应该最能得到加贺屋绮罗辉的认可吧。

　　感觉他们的关系还不错，说不定还能靠这一层关系走点儿近路呢……不过毕竟只是模拟思考，并不完全是他本人的方案，所以这一点上希望渺茫。

　　"美声长广"摇身一变成了"美声眉美"。

　　既然不能采用视觉刺激的方式，那就诉诸听觉，这很像是萝莉控会做的事情——在之前的电影节上，他也用了类似的招数。前辈导演的作品《黑暗的小孩》[1]虽然表面上是一个影视作品，但其实是在用声音一决高下。

说是先见之明吧，作品本身却偏偏一片黑暗……

说到底，那是一种以不依赖视觉的方式呈现视觉效果的表现形式，确实出其不意——是在别的成员都正常拍摄了电影的前提下才成立的隐藏招数，是奇招。

所以确实是团队战的产物，但这次不能采用那种表现形式……想一想，如果将整个美术馆笼罩在黑暗当中，是很难吸引到观众的，会给人一种奇怪的感觉。我同样需要对前辈的想法进行再加工——不对，不需要再进行额外的加工，直接上演朗读剧不就行了吗？

单纯直接的朗读。

经常会有这样的采访回答："我之所以成为小说家，就是因为市面上没有自己想读的小说，所以只能靠自己去写。"而越是这样写就的小说，却越是容易从中发现某些先驱级别作品的影子——有的作品自诩忠于正统，内

---

1 《绿衣的美少年》中咲口长广拍摄的电影叫《黑暗的国王》(暗闇の王様)，此处提及的作品名为《黑暗的小孩》(暗闇の子供)，或为作者笔误。

容却往往与其背道而驰（这是什么恐怖谷效应？）。

前辈美妙的声音本身已经是最完美的艺术品，仅用声音就可以创造出让人足够身心愉悦的艺术空间——可惜这个想法只有前辈本人在这里才能得以实现。

我需要做的仅仅是以总策划的身份出具一个展览策划，真正实行的人不是我，也不是成员们，而是阿切里女子学院的学生们。

她们。

萝莉控对嗓音的控制力已经达到了无人可及的高度，让她们从现在开始学习掌握，可能有些强人所难……毕竟声音是与生俱来的。我接受过前辈短期发声训练，明白那样的训练对正处于颓废中的阿切里女子学院的学生们实在太过艰苦，我认为她们很难坚持下去。

说不定还会让她们觉得搞这么麻烦还不如拍裸体照片呢……要说服她们实际上裸体艺术要更辛苦吗？可那也偏离了我的初心。

这就偏题了。

道德绑架是一种狡猾的行为，宣扬捷径同样如此，走捷径不是我们的追求——但进行一些除非长期坚持否则毫无意义的高难度训练也与这次的目的不甚相符。

况且没有教练。

这里只有废物。

所以，前辈的声音展示策划案（设想）暂时先放在一边……话说回来，这个方法似乎挺有效的。按照这个节奏，继续从其他四位美少年出发展开设想吧——说是设想，其实是我以美少年为主角的单方面幻想游戏。明明情况已经很紧急了。

（注：以防有读者从这本书开始看，我在这里稍微解释一下，萝莉控之所以是前辈，或者说前辈之所以被称为萝莉控，不过是身边人打趣的说法。由于本人不在场，他没办法在这里进行反驳，而且现在说着说着，连我自己都要把他当成真的萝莉控，难掩批判情绪了。对此他本人的解释是："不过是父母定下的未婚妻恰巧是个小学生而已。"不愧是演讲高手，借口张嘴就来。）

14."美腿眉美"

下一个虚拟美少年是光着脚的美腿同学。

本名是什么来着？忘记了，比起加贺屋会长的本名，我还不如先问清楚美腿同学的呢……哦，对了，足利飙太。作为美少年侦探团的吉祥物以及团里的体力担当，为挽救私立阿切里女子学院崩坏的危机，他会想出什么样的办法呢？

我非常期待！

但说实在的，我不觉得那孩子会想什么办法。

"欸？！能欣赏到大小姐们的身体？！高清画质？！还是大开本？！我要看我要看！我必须去，现在立刻马上！门票哪里卖？！"

与他天使般可爱的外表形成鲜明对比的是他略显俗气的内在——作为同伴，作为一个团队的成员，我还是暂且相信一下他的人品吧。我不是在故意贬低他，如果真有这样一所满满陈列着女中学生裸体照片的学校，应该不会有男中学生不蠢蠢欲动吧……直接组团前往也不奇怪。要是说错了什么话，说不定还会引发他们的抗议——尽管如此，美腿同学好歹也是一位绅士，应该想办法去守护她们的贞洁。

可以想象，在加贺屋会长眼中，女子的贞洁这种说法也已经是落后的思想了。而且在过去的故事里，从未有过任何有关美腿同学绅士行为的表述。这一点我们先不追究，现在的关键是——作为拥有天使面庞（美腿）的田径队王牌，美腿同学会想出的策划主题，应该是体验式展览吧？所谓体验式展览可不是什么奇怪的东西哦，而是带有互动式体验活动的展览。

是美术馆的体育化。

不用包括视觉在内的五感去进行艺术鉴赏，而是用身体的五个部分去感受——用身体去感受，这样的策划应该能在一定程度上引起观众共鸣吧。当然并不是去感受女中学生的身体，而是用自己的身体去感受……嗯，我可能表达得不是很准确，但方向应该没错。

所谓互动式体验，体力并不是必须的条件——虚拟前辈的方案中前辈的声音不可或缺，但在这个方案里，美腿同学的身体并不是必须条件。

　　首先，在这个时代，人们本可以通过照片集或者画册尽情欣赏美术作品，既然如此为什么还要去美术馆呢？究其原因，自然是因为现场可以感受到实物的震撼力和真品的魅力。可是当人们实地来到展馆现场时，经常会因为展品的保护罩或者玻璃的反光、前面的参观者人头攒动等原因，导致人们无法很好地对实物和真迹进行鉴赏——如果只是单纯去美术馆拍些照片带回来，那还不如看看专业摄影师拍的照片呢，何必专门去一次现场？对于这种不怀好意的吐槽，我会如此反驳：去现场不是为了去"看"的，而是为了去"感受"的——这次我表达得够准确了吗？

　　也就是说，用全身感受美术馆。

　　如同现代的帕诺拉马岛上永久井声子老师建造的美术馆一般。

　　嗯，毕竟我自己完全不了解体育，从他的角度出发思考的方案多少和本人的有些出入也是无法避免的事情，但大概的方案还是出来了的。

　　不过难点也无可避免，实施方面的困难显而易见。

虽然我身负展览策划的任务，但没人同意让我进行美术馆，也就是教学楼和宿舍的改造……若是擅自对文化遗产做这种事情，到时候找上门来的就不是胎教委员会，而直接是政府部门了。

不好意思，就算被世人唾弃为本世纪最大的混蛋，我也不打算为了阿切里女子学院做出这么大的牺牲——所以还是继续我自己的头脑风暴吧。

接下来是不良学生，虚拟不良学生。

15. "美术眉美"

　　这章如果真的是从不良学生的角度展开的虚拟设想，那么标题就应该是"美食眉美"了。而之所以不是，那是因为就在我觉得已经到了第三个人，大可不用那么小心谨慎的时候，一段尖锐的讽刺在我脑海中响起：

　　"什么虚拟，真是吵死了！你是想提醒大家注意'虚拟货币有风险，投资 A 股需谨慎'吗？偏题了吧？话说回来，光是虚拟这个名字就让人不知道你在讲什么。"

　　这段讽刺让我悻悻地只好将不良往后排——我想象中的不良学生是个在虚拟货币上损失惨重的人，关于这点，我是不是该先反省一下？总之，我决定转换思路，先从天才少年的角度进行思考，我真是惯会逃避现实的。

　　不对，不是逃避现实，而是逃避幻想，我怎么沦落到了这种地步啊……我还会回来的。

　　和水松木同学不同，天才少年——指轮创作，是一位非常寡言的人（可能是因为身份高贵，觉得没必要和底层的人过多交流吧），应该不会像不良学生那样做出反客为主的事情来。既然如此，我不希望他在我的虚拟设想中还称呼我为眉，可以是眉美前辈，或者再想得美一点儿，可以叫我眉美前辈大人。可惜的是，即便是在我的虚拟设想中，我也不敢对这位继承者提出这样的要求。

回归正题，人如其名，"美术创作"不会依赖于夸张的视觉效果，那么他会让美术馆上演怎样激动人心的演出呢？

像在前面讨论美腿同学的方案时提到过的，我没有能力对美术馆建筑本身进行改造。而创作同学就对指轮学园的美术室进行了豪华改装，和之前的美术室完全两样。这样的他又会给参观者带来什么样的体验呢？

明知不合时宜，我还是带着期待展开了设想，可进展并不顺利。

我没能像模拟萝莉控还有美腿同学思考时那样立刻迸发出灵感，并不是因为无法复制年轻天才艺术家的思考模式，而是艺术家本人要进行美术馆策划这件事本身，就有一种难以形容的违和感。

这就和漫画家要兼任编辑一样荒唐……能做到的人

自不用说，实际这么做的人也不在少数，但这种行为确实不符合"美术创作"的风格。

是他不擅长的事情。

天才少年因为家庭背景，其作品只会在我们团体内部进行展示，在这一点上，他和同为上流阶层，却有着强烈自我表现欲望的加贺屋会长（并不是说这样不好）完全不同——我心中的虚拟天才少年和虚拟加贺屋会长产生了对立。

有钱人之间也会有冲突。

算了，脑内会议这种行为本身就带有矛盾的因素，所以当然会存在无法顺利开展设想的情况，这也是我一早就预料到了的事情——但是作为参考，回想一下过去实际开展头脑风暴会议的时候，天才少年也基本上是不说话的，他在场，却并不参与讨论，所以任别的人来进行设想大概也是一样的，真正理解他的，估计也只有团长一人了。

前辈对于团长的忠诚可以说是出于对小孩子的喜欢，但天才少年对于团长的忠诚实在令人费解——感觉都可以在连载结束后写一个番外来专门讲解。

不管怎么样，还是能想一点儿是一点儿吧。

不是不是，我不是说要想象团长和天才少年之间不为人知的关系，而是思考虚拟天才少年可能的策划方案。虽然本人不一定想做，但如果是团长的命令的话，他不会违抗的。

……

……

……

唔。

凡事都要敢于尝试，我模仿着天才少年，推进他无声的独白（能做到的都要做），终于，一个方案浮现在脑海中，出乎意料，且言简意赅。

"创作工坊。"

我努力按照天才少年的方式思考，最终他发出了这样的低吟。

"不用眼睛，而是用手。"

因为是他内心的想法，所以理解起来稍微有点儿困难，那就让虚拟前辈再次登场，翻译一下后辈的意思吧——虚拟前辈用我所能想象的最好听的声音说道：

"天才少年的意思是，人即便失明以后无法再鉴赏绘画作品，也还拥有创作绘画作品的能力。"

前辈不会称呼天才少年（一般是叫他创作）。原来如此，天才少年原来是这个意思——拿自己的妄想来肯定自己的话，我也真是厚脸皮。不过，的确比起审美能力与鉴赏能力，喜欢靠自己的双手进行创作的天才少年会更注重动手能力的。

所以才称之为"美术创作"啊，如果由他来运营美术馆，这里大概率会带有工作室的性质，就像是艺术家生前的住所经常会成为美术馆一样——他要提供的不是鉴赏体验，而是创作体验——天才少年期望观众可以直接体会到创作的乐趣（我希望如此）……

有客人觉得毕加索的画简单到自己都能画出来，于是工作人员真的把画布和颜料递到了客人手上。这样的美术馆很麻烦，不过也蛮有意思的。要求失明的人作画也是一个道理……也许比画出毕加索的画难度要更高，但我觉得天才少年应该会要我这么做。

那位沉默的少爷，不会对我"特殊对待"。

我确信这一点，比他不会放弃叫我眉还要确定。

作为策划案来说，它的问题和前辈的方案差不太多：到底由谁来主持整个创作工坊呢？

我不认为作为运营方的阿切里女子学院的学生们，有足够的能力给来馆者提供现场教学……暂且不说她们专业且高难度的创作要求，虽然可能有偏见在里面，但我没有理由相信这里的大小姐们可以提供这种服务。

她们向来都是享受他人服务的一方。

如果是实施声音美术馆策划，那么最简单的方法就是我想办法把萝莉控带来现场，这样活动怎么都可以正常展开。但如果是创作工坊策划，即便我把天才少年带来，也无济于事。

我的男装装扮是天才少年为我设计的，所以基本上我每天早上都在重复他的创作——从这个角度说，我不仅是前辈的后继者，也是天才少年的徒弟。

得意弟子。

要让我这个得意弟子来说的话，他确实是一位年轻且有实力的一流艺术家，但他实在没有教东西（教创作）的才能。不要说口授了，沉默的他只会让创作工坊陷入死亡般的寂静。

可惜艺术家不是后天可以培养的，在没有天赋的情况下，成长为一个拥有艺术创作能力的人，简直就是天方夜谭……若是其作品表现出了"自由"的主题，能和厌恶束缚与规则的加贺屋会长相契合也算理想，但所谓理想，还是脱离不了假想和幻想的范畴。

在学校里打造一个学校，这样的想法或许有一定可取之处，但现在还是不要深入探讨这个了，先搁置吧。

终于轮到不良学生了，虽然刚刚因为害怕逃跑，但我回来了！看我怎么三下五除二拿下他。

16."美食眉美"

　　我要向正在担心阴暗废物的幻想故事还要持续到什么时候的大家宣布一个好消息，脑内美少年会议将在虚拟不良之后结束。欸欸，是不是有点儿奇怪？最重要的团长不是还没有出场吗？真是的，光是模拟天才少年那部分就已经让我筋疲力尽，又怎么做得到去模拟团长双头院学的思考呢？

　　我并不是厌倦了设想的过程，也不是说终于大梦初醒了。

　　我是想在这里正式撤回我之前觉得自己大概了解他们五人内心想法的发言，那简直是不知天高地厚——我的能力是有限的。

　　将团长的意见放到最后其实并不符合常规，那个拥有天衣无缝计划安排的人，不知为何总是在会议上承担起开头的任务——就好像他要做的就是抛砖引玉般说一些明显不够好的答案，方便大家能够毫无忌惮地说出自己的想法。他总是自发承担这种降低事情难度的任务。

　　但也有别的例子……比如说之前的电影节，他就是最后出场的，这种情况确实只是偶尔，而且他设计的电影内容也是我绝对想不出来的。

　　这样足矣。

　　虚拟团长只要能存在于我的心中就好——只要这样我就安心了，所以这场脑内美少年会议将以虚拟不良学生来收尾。

　　他是主菜。

　　我一开始的结论很简单，感觉那个混混头子厨师只会说什么料理才是艺术（用脑过度，导致我的脑子已经转不过来了），但很快我想起来，美食小满在会议上经常会有最正统、最像侦探的发言。

　　必须是侦探。

　　如果用做饭来形容，那个人很多时候都是"用冰箱里现有的东西差不多做点儿"的态度……不良学生一直以来都不算是美的追求者。

　　所以他的想法会更加直截了当。

　　正统派——正面突破。

和阿切里女子学院的学生们不同，这个混混头子是实打实的叛逆者，虽然总是和身为原学生会会长的前辈针锋相对，但思维想法更合乎常识的，说不定是不良学生……说是脑内美少年会议，但到头来其实都是我个人的思考，总是不经意间又切回了自己的角度。但要是不良学生的话，他大概会直截了当地去面对这些迷失方向的女中学生（这里所谓迷失方向的女中学生当然指的不是我自己）。

如果不良学生知道有女生在计划举办一个公开自己裸体照片的展览，那他一定会不惜一切代价，哪怕下毒也要阻止她们——在虚拟不良学生看来，提出那个奇怪的交换条件，是我最大的失误。好比"真心话还是大冒险"这个游戏，仔细想想，不管选哪个选项其实都是冒险。

现在说不定不光是迷失方向的女中学生，连身穿男装的废物女中学生的裸体照片也要被公开展示了。

快救救我们，不良学生。

"不要，你这个家伙还是要摔个跟头才能长记性。"

这不是我的设想中不良学生的发言，而是不良学生的真实台词，就出现在天才少年给我画的裸体像差点儿要在美术馆公开展示的时候。

挖苦什么的先放一边，快给出你的方案设想吧。

说教什么的我可以直接听本尊道来。

"真拿你没办法。"

"明知不可为而为之，到头来只会碰壁——关键是要活用现成的能力啊。"

县城？

什么县城？

"那所学校里的女生们不都是这个样子的吗？为了追求新兴的事物而陷入疯狂之中，这反而让我觉得很困惑，她们为什么不运用自己已经掌握的能力呢？"

居然直接忽略了我的谐音梗，我这辈子都不会原谅他。但虚拟不良学生说得确实有道理。

到目前为止的所有策划方案——包括虚拟美少年的各种方案以及加贺屋会长的裸体照片展览方案在内都有这样的问题——过度追求激动人心的效果，反而不切实际难以实行。

但头脑风暴向来都是这样的，可行性判断是以后的事情。可要想将成功落到实处，就同样需要专注现实。

不是一味寻求冰箱里没有的东西，而是利用已有的食材去完成一道道佳肴——以这样一种主厨心态完成一场展览策划不也很好吗？

她们是养尊处优的大小姐。

放在以前，像我这样的普通人可能都接触不到如她们一般的上流社会女子——而如今我居然想要去守护她们、帮助她们，这完全就是笑话。

简直是不知天高地厚。

迄今为止我一直在说她们好像什么都做不到，可实际上，有一些事情是只有她们这样的大小姐才能做到的。

从水松木同学的发言可以知晓，像古典舞蹈、花道、书道和茶道这些技艺，尽管不是全校所有人都精通，但她们在这方面的能力至少要强过以我为代表的普通中学生（读到这儿可能会有人皱起眉头，但请放我一马，看在我叫"眉"的分上——纠正一下，我作为学生会会长，好歹也是指轮学园全校学生的代表）。

除此之外，阿切里女子学院还让自己的学生在可能的范围里学习掌握了无数的技能——对于她们来说，这可能是守旧的教养课程，但是学了又不去用，这难道不奇怪吗？

由于对大和抚子式的传统培养方式感到厌恶，这里的学生们开始统一穿着男装。作为抗议活动来说这非常有效，这一点不言而喻——但强行要求大家这样做，到头来，难逃演变成另一种被规则束缚的结局。

因为公司规定禁止加班，所以领导们想出了让员工"早上早点儿来公司"作为解决方案。

二者有什么两样？

"在我看来，M计划本身就有矛盾。"

欸，虚拟不良学生，还有什么要说的吗？

另外，"有"这个动词不够阿切里，应该是"孕育"。

"废话怎么这么多！要我说，她们不就是在一边抗议封建保守，一边返古复辟吗？还在作为文化遗产的教学楼和宿舍楼里开展活动什么的，如果真的厌恶旧时代，那就直接把那些文化遗产拆掉好了，政府接受与否，那又有什么要紧！"

将文化遗产拆掉？他在开什么玩笑。

这话也就能从虚拟不良学生口中听到了。反正真人是没有这种幽默细胞的——日常能从他嘴里听到的只有尖锐的讽刺。我对他个人的期望以这种过于直接的方式体现了出来。但他话糙理不糙。

在会长等人的堕落改革中，还有别的地方也存在这样的双重标准。

将制服全部改成男装，这是改革中除M计划以外最具代表性的部分。不过，是否有人注意到，我从未提及鞋子的部分呢？

全员穿的基本上还是女鞋。

做了问卷调查，多数人是由于尺寸的原因选择了女鞋，但由此也足以窥见大家在鞋子上的妥协。

顺便说一下会长的鞋子，时尚非凡。

另外，没有一个学生做到了彻底的男装，也就是说没有人将内衣也换成男式的……没有，我绝对没有在利用自己的视力擅自窥探舍友们的隐私。这是我在泡澡，还有洗衣服的时候发现的。

如果她们真的要将男装贯彻到底的话，至少也应该做到这一点——我在男装的时候，就让天才少年帮我把鞋子改成了合适的尺寸，内衣方面也没有糊弄。不得不说，她们的男装还只是表面功夫。

将文化遗产直接拆掉……如果这个方案可行，美腿同学的美术体验馆计划说不定也可以复活（字面意思的拆掉重建）。但这种松弛感不过是我个人的妄想，不良学生本人并不需要。

嗯。

但可能恰好是阿切里女子学院所需要的。

总的看来，加贺屋会长的行为不知为何总带有一些攻击性——以亲切温和的态度去做一些很冲动的事情。比如裸体照片展览，与其说是新潮和改革，不如说是一种自暴自弃。

她很执着于标新立异。

我这样设身处地地思考，也是因为害怕等到了真和会长交流的时候，一个措辞上的不注意，引起她的极端行为。

而颓废更是精神上的自杀。

如果连珍爱生命这样的伦理观念在她们看来都成了规则的束缚，那么束缚的反义词就不是自由，而是堕落了。

但其实这样并不对。

不好意思我总是突然拿自己举例子，比方说我以前并不喜欢自己的眼睛，也讨厌被归入四眼妹的行列，要是有人很直接地夸奖我的眼睛好看，我会当场情绪激动起来——我相信"如果没有这样的视力，我的人生不会是这个样子"。

都不用等待失明。

我甚至想自己动手结束这一切。

现在回想起来，我都不知道为什么自己以前会那么讨厌自己的眼睛。或许，比起不擅长的领域，人们更不愿意一直待在自己擅长的领域里，而这种心理，比我想的还要常见……自己有的东西不珍惜，没有的东西又强求，人们总希望别人能在更多方面认可自己。

不管是我的视力，还是大小姐们高贵的出身，都是这样的。这不是我们自己的选择，但我们的人生却要被这种所谓的优势或者好处而左右，我们不希望这样——我是在进入美少年侦探团成为"美观眉美"之后，才意识到了其中的美点，并真正接受了这个与生俱来的天赋。

所以 M 计划应该实行的，不就是那一步吗？那些规则束缚让人厌恶，但并不是完全没有可取之处。

别理解错了，如果按字面理解，得出的方案可能就是"把文化遗产毁掉吧"，但这是从一个极端到另一个极端，走向无法回头的悬崖峭壁。其实不是这样的，教学楼和女生宿舍都要保留。

而且应该还有其他需要保留的东西。

取舍选择——并不只会产生矛盾，其中还有中庸之道。

艺术并不是靠破坏来实现的，二者之间并不一定要画等号……艺术更不可能靠堕落什么的来实现。

我吸取到了很多经验教训，所以说得有点儿多了，那么前言就到这里——虚拟不良学生的结论到此为止。不过，既然我和学生会会长加贺屋有约在先，因此还要贯彻"不依赖视觉刺激"的个人条件。

如果能将她们迄今为止习得的技能与满足这个条件的艺术加入 M 计划中，那就是最佳的方案。

应该是可行的。

女中学生的裸体具有破坏性的价值这一想法并非完全不符合事实，而且胎教委员会也在很大程度上误导了她们。但那不会是她们唯一的价值。

让阿切里女子学院内部提出一个类似虚拟萝莉控的声音美术馆一样的方案，也就是说，如果我站在加贺屋会长的角度，去思考在美术馆进行裸体照片展览以外的方案——她追求的革新大概是可以在"不依赖视觉"的前提下实现的。

那么，这就单纯只是顺序问题了，在虚拟前辈的方案和虚拟美腿同学的方案之间，应该还有一些可取的方案——从五感到身体的五个部分，那就再从别的感官的角度思考一下不就好了？既然有诉诸"听觉"的声音美术馆的方案，那就应该同样有诉诸"味觉""嗅觉""触觉"的方案。

触觉的话，嗯，体验美术馆应该算……至于嗅觉，很可惜现在的美少年侦探团里还没有"美香谁谁"，而且也没有"美味谁谁"——欸，没有吗？

那不就是"美食小满"吗？

我惊讶于绕了一大圈后又回到了原地，不对，等等等等，当初听到什么女体宴这种不可思议的构想的时候，我内心是有一些反感，所以不愿过多了解的，但实际上这所学校在料理方面具有相当的优势。

这所学校需要轮值做饭。

会教古典舞蹈和茶道。

这些培养传统教养的课程是学校教育的一部分，有人擅长也有人不擅长……用这些来定义这里的学生，一定会遭受到猛烈的批判。

但吃饭可不属于传统教养一部分，更不能用"任务"这样的说法去表达它的全部意义——毕竟人不吃饭就会死掉。

加贺屋会长厌倦了自古以来日本社会对于女性的刻板要求，追求新时代的女强人形象——主张女性的自立。

但是在吃饭这一点上，她们不早就实现了自立吗？她们比我，甚至是很多成熟女性都要做得更好。这些初中女生完全靠自己来解决食物的问题——早上五点起床，从耕作到收获，竟然完全实现了食物上的自给自足。

即便是在目前快速堕落的进程当中，这一点也没有发生改变——虽然以日料为中心的饮食方式遭到了抵制，但不管她们吃的是垃圾食品还是平价美食，都是完全靠自己的双手制作的——拉面也是自己从揉面擀面开始做起，做点心的时候也坚持不添加任何色素。

水松木同学虽然担心每天那么吃会对身体有害，但其实她们现在的饮食要比遇到不良学生之前的我健康得多——不过，长期这么吃的话，她担心的情况确实早晚会发生。

她们在饮食上已经实现了突破。

所以不良学生的指导监督不是必需的——料理本身就足够艺术。

与其说是奥卡姆的剃刀[1]，这应该说是奥卡姆的菜刀——当然，我清楚这并不是一个足够完美的策划案。

在阿切里女子宿舍，做饭成了日常的任务，这里的学生需要钻研厨艺，而这大概是基于自古以来男子不进厨房的传统思想。可能有人会义正严辞地这样发表自己的想法："您的意思是做饭是女性的任务吗？现代餐饮业都已经这么发达了，还要执着于自己做饭吗？"这个点并不难反驳，只要想想那些摆盘精致的食物是谁做的就好

1　一种哲学原则，主张在解释问题或现象时，应优先选择最简单、假设最少的解释，避免不必要的复杂性。

了。听说在料理界，女性的占比并不大。这是从真人不良学生那里听来的二手消息，所以我并不知道详细的数据——厨师、主厨、料理师，这些名字都无所谓，反正在这个职业领域，男性的数量上都是压倒性的。如果会长想实现真正意义上的进步，那厨房不正是应该第一个掀起改革风潮的地方吗？

这可能有点儿诡辩的嫌疑了，但我的目的不在于欺骗。不如说是希望。

性格使然，我并不怎么喜欢"人要在不幸中成长"这种话，但不幸是可以被利用的——改变并不意味着认同那些强加在阿切里女子学院学生身上的思想，利用她们身上已有的技能就好了。

厨刀可能成为杀人案的凶器，但它本身无罪，被强行要求掌握的厨艺也是如此——不需要像对待什么肮脏的东西一样，唯恐避之不及。由于堕落化的原因，过去以日料为主的饮食种类也变得丰富起来。从这个角度来看，胎教委员会的破坏竟带来了意想不到的效果。

啊，这哪像什么美术馆策划案，简直是餐馆策划案。不谙世事的大小姐也需要体验生活，活动现场的招待工作可以当成是她们接触社会的途径。没错……学校就是这样学习成长的地方。

客人是上帝，而厨师就是这些大小姐。

这听起来像是要在文化节上摆摊一样，但如果把美术馆当作是文化事业的一部分的话，这样也没什么不好。M计划的M，不是"MUSEUM"的M，而是"MEAL"的M——不依赖视觉的"MEAL计划"。

大家觉得如何呢？

17. 报告

　　我花费一周的时间进行了以上的设想——一边上课，完成那些既定的工作任务，一边反复思考，终于在临近截止日期前得出了最终的结论。

　　话虽如此，但我其实内心已经处于半放弃状态，想着完蛋了，已经到了最后一天，现在都没能想好方案，只能再拖了，还好，反正是我自己决定的日子。但就是在这一天，进行周二早晨的值班工作，也就是做早饭的时候，我突然受到了虚拟不良学生的启发。

　　在松了一口气的同时，我也觉得挺开心的，虽然是虚拟的，但脑内美少年会议最终采纳的，正是不良学生的方案。那个混混头子的想法作为最终方案被采纳，这在我的记忆中还是第一次。我有些雀跃，如同是自己的想法被认可一般（当然了，这不就是我自己想的吗？）。

　　说些不着边际的话，比起在这里想些有的没的，还不如半夜偷偷潜进那个多媒体教室，把加贺屋会长准备万全的摄影器材全都摔个稀巴烂要来得更有效些。不光如此，单纯想要阻止 M 计划的话，方法其实有很多——尽可能避免明面上的冲突，假装接受邀请进行协助，暗中从内部击破。我这种人又没什么道德包袱，真要做的话应该也能做到。但由于我拘泥于美，拘泥于美少年侦探团的团规——选择了被规则束缚。

因为我是美少年侦探团的一员。

因此，我没有选择在第二天夜袭多媒体教室，而是等到下一周，在放学后再度造访了学生会办公室——通过舍友七夕小姐提前进行了预约，所以闲杂人等已经回避了。

话不多说，我给加贺屋会长介绍了脑内美少年会议的结论——不，不仅仅是结论，连过程也毫无保留地告诉了她。

我虽然只有一个人站在这里，但我并不孤单。

由于不想让她怀疑我有某些精神方面的问题，我并没有把虚拟美少年会议开展的详情告诉她，但我在这所学校的所作所为，并非我一个人的功劳。

我自己就是一个团队。

"嗯……原来如此，您说的这些想法让我很感叹。比起味道，最近的美食界总是将颜值放在首位，拍出好看的照片上传到社交网站成了做饭的目的，您的方案就像是往美食界的平静湖面上扔的一颗石头，足以掀起风波。对于食物来说，'色'自古以来都很是重要，但在解除外观的束缚后，食物能够得到多大的解放，对于这一点，我很有兴趣。"

我其实没想这么多，不过她居然看到了这一面，没想到虚拟不良的 Meal 计划以这样的形式得到了加贺屋会长的认可。

她还知道社交网站呀！

可能是单纯喜欢摄影吧……如果她的目的是开一个照片美术馆，那么我的替代方案就完全偏题了。

被认可并不代表着就会被采用，欲抑先扬也不无可能。

"声音美术馆……体验美术馆、创作美术馆，没想到您一下子想出了这么多主意。"

倒也没有她说的这么容易，不过，我们这边其实相当于有六个人在。

不管是真实存在还是精神同在。

"正因如此，我才深感遗憾，您这样才华横溢，我的M计划却没能触动您的心，没能被您理解。"

欸，事情的发展方向有点儿奇怪啊……

让我感到意外的是，我感觉自己被笼罩在了一种"我尽力了"的情绪当中——但并不是负面消极的。

而是一种积极的情绪。

性格阴暗的我很少会有这样的状态，我对经过脑内美少年会议诞生的策划案是有自信的——至少其中的MEAL计划足以和会长主导的裸体照片展览匹敌，并不是基于现实的妥协方案。如果这样的计划都被她否定，就表示她有自己的主见，并不需要我说三道四……如此说来，会长并不是受到了胎教委员会思想毒害，视野变得狭隘，思想被禁锢。那么，我能做的也就到此为止了——我不会赞同胎教委员会的思想，但是也不能一味否定他们留在这所学校里所留下的痕迹。

我不认同他们坚持的思想，但不得不认可他们的手段。

不管幕后黑手的意图究竟如何，至少那个夺冠作品《裸体的女王蜂》是实打实的佳作。

当然，我不会因此就放弃水木松同学，以及和她一样想对会长说不的阿切里学生。在这一周里，我还做了一件事——我收集了宿舍内沉默的大多数人的名字。我应该可以帮她们逃离这个噩梦吧！

嗯，但是，我并不觉得只要"尽人事，听天命"即可——毕竟，就算策划方案没有被认可，我也可以把它们带回美术室，在指轮学园发挥它们的作用。

说实话，我其实希望自己的策划能够被大肆批判——我迫不及待地想要知道，真正的美少年们以我的草案为基础发挥创意，究竟能够迸发出怎样的火花呢？

当然，不论成功与否，这都是我作为美少年侦探团成员执行的最后任务。如果我的 M 计划没能在这里推进下去，那么这个计划将会在我作为学生会会长的指轮学园展开……到时，就算我已经不是美少年侦探团的一员，我也会将这个计划贯彻到底。

即便离开美少年侦探团，那个想法也会一直留在我的心中——直说了吧，这是我站在"美学之学"的角度展开的构思。

虚拟的小五郎。

虚拟的团长。

他深深地影响着我。

虽然我不知道他会怎么想，但至少我知道他会怎么做。那个小五郎是不会只负责策划的。

他会完成他想要做的一切——而且是由自己亲手完成。

话说回来，我之前说，如果我的方案没能得到认可，可以把我的裸体照片印到大开本的阿切里美术馆宣传册上。对此我要说的是，（等出版的时候，希望下面一句话可以加粗）**那不过是可以反悔的承诺**。

重复一次。

那不过是可以反悔的承诺。

"川池瀑布。"

停顿一会儿过后，会长大人说了这几个字——什么？

"我叫川池瀑布，这是我身份证上的名字。有开创幕府格局的女性的意思。[1]父母在我身上寄托了很大希望，所以取了这样一个名字——话说您真是一位讨厌的人，一边露出那样的笑容，一边等着我认输。"

不，我笑得这么开心是因为其他原因——认输？投

1　川池瀑布名字中"瀑布"的读音为 bakufu，和幕府的读音相同。

降？话说回来，啊，我们约定过——如果我想出来的替代方案不够好，那可以把我的裸照印在宣传册上，但如果我的方案得到认可，希望会长可以告诉我她的本名。尽管在她看来，加贺屋绮罗辉才是她原本的名字（真名）——她的本名（真名）原来是川池？

感觉在哪里听到过……

"水松木知婆小姐的本名叫铃鹿银香，七夕七星小姐的本名叫美作正香。"

我们的约定中并不包括公开副会长和书记的本名，她其实也没有必要这么认真地履行承诺，毕竟对手是随时可能毁约的我——但会长的表情看上去很是轻松。

像是终于卸下了沉重的负担。

她说道："真的，真的很遗憾，我的 M 计划没能获得您的认可——我却理解了您的 M 计划。"

这样啊。

"这正印证了您的气量。"

"您真是一位讨厌的人呢。"

"身边的人都说我人品不行。"

也都把我当作伙伴。

18. 尾声（1）

　　本次事件的主题，大抵就是"什么更重要"——对自己来说重要的事物与对方产生冲突时，就算对方是正确的，一般来说也难以妥协。好比游客做了某种冒犯的行为于是其他游客指出，但其实这位游客的行为也很冒犯人。到头来没有什么对错之分，不过是意见冲突。像这样逻辑上存在漏洞的冲突世间比比皆是——意见分歧产生的冲突。

　　阿切里私立女子学院内暗地里展开 M 计划的后续情况究竟如何，我无法在这里阐明——至少要放到下一年了。

　　被流放的"上了年纪的大人们"大抵也不会就这样坐以待毙……说不定已经有其他间谍潜入了这所学院。对于这所名校来说，加贺屋会长与我的这场战斗也许只是一场大骚动的前哨战，根本不足挂齿。

　　综上所述。

"但是，瞳岛小姐，请不要认为我们会言听计从、全盘接受您的计划。我们有我们的做法——届时预展的邀请函会送到您的手上，请务必赏光，您一定不会失望的。"

后会有期。

不服输的大小姐如此说道。说出去的认输还热乎着，她就向我下了这样一封战书。那么，最后再说一下阿切里女子学院的情况吧。

我眨眼间再度转校，她却没有挽留，这样看来，她大概已经察觉到了我的真实身份——得出结论的根据且留到后话，总而言之，结束了作为美少年侦探团成员的最后一个任务，我踏上了返回指轮学园的旅程。

令人怀念的故乡。

不，我对这所学校倒没有这么深的感情……对了对了，说到还热乎着的话，其实还有一句。前面虽然说什么"结束了作为美少年侦探团成员的最后一个任务"，但我发现了一件事：（这次请加粗斜体处理）*那也是可以反悔的承诺。*

冷静一点儿，听我说嘛。

对我喝倒彩是没有意义的。

让我产生退团想法的，是胎教委员会主办的电影节……即便我因为被禁足无法参与团队活动，大家还是有着和往常一样的优异表现，不，甚至比平常表现得还要好。看到他们发挥各自的长处创作出的一部部电影，我不禁感慨万千，甚至流下了眼泪。

而我留在美少年侦探团的意义和理由荡然无存——是他们一直在背后支持着我，这从我作为一个求助者走进美术室开始就从未改变。

我从未曾真正成为其中的一员。

所以在最后，我希望能够不借助任何人的力量去完成一个任务。足够美丽，足够少年，足够像一个侦探。

但好像最终也没能完全做到这一点。

我嘴上说着不借助任何人的力量，但正如您看到的，到头来还是靠脑内美少年会议这种奇怪的方法，我才打开了局面——他们存在于我的心中，让我突破了重围。

我并不因此而感到愧疚。

如果我想要坚持美的真意，做少年，做侦探，那么我就不能是一个人——对于美少年们来说也是这样的，不是吗？

我确实因为禁足的原因没有参与到电影制作中——可这并不意味着我就完全不是制作团队的一员。

在大家心中我或许是废物一个，但他们接纳了我，就像他们存在于我的脑海中一样，我不也存在于他们的脑海中吗？

脑海中——心中。

团队中。

那五部电影短片是团队合作的产物，而我居然因此而自顾自地感到了担忧和绝望，简直莫名其妙。

简直就是自己嫉妒自己，好想找个时光机阻止那时落泪的我啊。我那个时候也太奇怪了，居然还傻傻地怀疑他们的作品中并没有我的位置——连这一点都看不出来，我还算什么美观眉美。

我一个人的力量是有限的，但这又怎么样呢？我并非孤身一人——因为他们不会允许我孤身一人。

话虽如此，我的失明已经是板上钉钉的事情，我不得不正视这一现实，但同时我已经不觉得自己应该尽早退团了。

　　这次的任务也没有让我完全失明——我无非是利用了自己即将失明的身体状况作为调整策划的借口，还没有落到必须摘下新制眼镜的地步。

　　即便总有一天——那也是以后的事情。

　　既然如此，我就还不能离开。

　　那个约定是可以不遵守的——我必须毁约。

　　经过这次的任务，我对"不依赖视觉的美"这一概念有了多角度的考察——而这无疑会成为伴随我之后人生的概念。

　　我这样想着，哼着歌，带着愉悦的心情回到了指轮学园。我兴冲冲地往美少年侦探团的基地，也就是美术室走去——但那里并没有美少年们的身影。

　　这并不是什么稀奇的事，他们各自都有很多需要忙的事情。团长还是一个小学生，所以在没有提前召集大家的情况下，全员还能同时出现在这里才是更少见的——美术室里空无一人，也没有人举办欢迎我回归的惊喜派对，这些都没有让我感到惊讶——但，奇怪的是美术室的室内装饰全部荡然无存了。

　　原来的枝形吊灯、豪华沙发、厚实的桌子、带有华盖的床、不输真迹的雕刻作品和古典的立钟，还有柔软的地毯——大家一起绘制的天顶画，这一切全都消失了，不留一丝痕迹。

美术室改头换面变成了最普通的样子——应该说是变回了最应该有的样子。

朴素程度无以复加。

我心中的五个美少年，没有一个人在这里。

"欸？"

只是我的眼睛……看不到他们了吗？

19. 尾声（2）

我到头来还是没能想起川池这个姓氏是在哪里听到过的，不过副会长和书记的本名倒是都让我想到了一些东西。

"水松木知婆小姐的户籍名是铃鹿银香，七夕七星小姐的户籍名是美作正香。"

知婆这个名字听起来有点儿老气，我之前不知道她是出于什么样的原因给自己起了这么一个名字。但了解到她的本名是"银香"以后就解释得通了——"知婆"（日语发音为 shiruba）的发音和"silver"（银色）相似，她是借助谐音给自己取的名字。"银香"音同"银河"（这两个词的日语发音都是 ginga），银河又叫"milky way"，而"milky"的发音正好和"水松木"（日语发音为 miruki）差不多……嗯，名字的解释有些过于牵强了，不过这种以本名为基础的起名方式，也能透露她其实是改革的反对派。但如果不是因为知道了她的本名，我是绝对想不到这一伏笔的……

　　另外，七夕同学的本名"美作正香"……我想不起会长的名字在哪里见过，却清楚地记得在哪里见到过"美作"这个姓氏。另外说一下，关于为什么会长要把副会长和书记的真名告诉我这个问题，我一开始也感到很惊讶，但仔细一想，或许她是故意为之，比起告诉我目口耳鼻科的消息，她这个"顺手"的行为足以为我带来更多有用的信息。

　　美作——那是美少年侦探团上次参加的电影节招募公告中主办者的名字：

　　"胎教委员会　非名誉委员长　美作美作"

　　和我共同生活了一周的舍友居然和胎教委员会的首领同姓，这到底意味着什么呢——我不在的这段时间里，美少年侦探团又发生了什么呢？

　　要搞清楚这些，我已没必要等到下一年。

选美比赛

在地球上应该至少有五个人想要知道，每当事件发生的时候，或者说是引发事件的时候——毫无疑问后者的可能性要更大些——我们美少年侦探团到底是如何开展活动的？以及，在没有事件的时候，我们放学后会做些什么呢？话说光是我们侦探团成员的人数就已经超过五人了，但请不要担心我会因为没有什么人感兴趣而受挫，我不是那么脆弱的人。

　　以下是美术室尚且豪华绚丽，我过剩的视力也还没有油尽灯枯的时候，我们放学后的活动日常。

　　首先，不良学生——二年级A班的袋井满同学给围坐在桌边的每位成员——美腿同学、前辈、天才少年和团长，当然也不会故意漏掉我——都斟上了红茶，然后在桌子中央放上点心。那是鸟笼一样的点心架，第一层放的是配上黄油和果酱的司康，第二层则放着切成了星形的三明治，第三层摆上了马卡龙与巧克力的组合——

这样的准备虽然和美术室的装修风格非常契合，但实际上对美少年侦探团来说是少有的正宗下午茶。

别误会，我们不是为了享受下午茶而聚在这里的，这些是提前准备好的点心。不良学生亲手制作的食物是美少年侦探团的活动标配。

"这次可不要吐出来哦，眉美，我已经不想再清理你的呕吐物了。再这样下去我就变成'专职清扫的满'了。"

毒舌也是活动标配的一部分。

由于不良学生超群的厨艺，饭经常还没吞下去就因为太好吃而被我吐了出来，这已经变成了美术室的常事……被拿来吐槽还是有点儿不爽的。好歹我的胃最近也是慢慢适应了，吐的次数也是越来越少了。

"那我们开始吧！今天的出题人是满！好期待啊，会是怎样美丽的谜题呢？"

在小五郎（小学五年级）朝气蓬勃的一声号令下隆重开场的，便是俗称"谁是凶手"的游戏——像是大学悬疑故事社团的活动。

由于我是尚且不识大学悬疑故事社团真面目的初中女生，只能凭借自己仅有的一些悬疑小说知识进行解释：

这是由一个成员出题，其他成员轮流进行解谜的游戏。

说是真正的头脑战——倒也算不上。

跟假扮侦探其实差不多是一个性质，而破案正是美少年侦探团的本分。

作为侦探团，平日的活动却和侦探没有一点儿关系，只有做游戏的时候才回归本行。这种行为的恰当与否，从某个角度来说其实有待考量——但我们就是这样，即便是游戏，也会认真对待。认真出题，认真解答。

对这个场合并不那么适应的不良学生也结束了后勤准备，径直坐在了自己的座位上：

"这是真实发生过的事情……"

生硬而又老套的开场方式。

有点儿好笑，明明是锁定犯人的游戏，不知道的还以为要讲鬼故事。

然而，不良学生的表情比鬼故事还要可怕。

"眉美被杀了。

"任何人都有可能是嫌疑人，这一点毋庸置疑。

"眉美你不要摆出一副好像真的受伤了一样的表情，

也太假模假样了吧！你是什么变色龙吗？以为我有多喜欢你啊！

"没办法，这是真实发生的事情……我不过是在陈述事实。正好就是在大家一起围坐桌边、休闲饮茶的时候发生的。

"就在进行下午茶的时候，你突然……不喜欢我这样指名道姓的话，那就给化名叫你 M 美吧。M 美把刚刚吃过的点心全都吐了出来，瘫倒在了桌子上。

"M 美的性格早已没救。

"她本人也已经没救了。

"不喜欢 M 美这个化名吗？那我就直接一点儿了。中毒的你口吐白沫，一命呜呼。原来是点心里被下了毒。

"不对，不只是点心里。

"也有可能是红茶里，或者杯子的内壁被涂上了毒药也未可知——总而言之，这是一场毒杀。

"瞳岛眉美死了。

"这个世界又和平了一点儿。

"可是，这是个法治国家，美术室也不是什么法外之地，我们要抓住杀害眉美的凶手。

　　"刚说了，任何人都可能是嫌疑人，要是把动物什么的也加上，嫌犯就更是数不胜数。就把出场人物限定在这里的五个人之中吧。这样可以了吧。

　　"不，眉美，小猫小狗当然也想杀掉你，你可长点儿心吧，你可是'美观眉美'啊，连动物眼中的杀意都察觉不到吗?

　　"'美声长广'，咲口长广。

　　"'美术创作'，指轮创作。

　　"'美腿飙太'，足利飙太。

　　"'美学之学'，双头院学。

　　"至于'美食小满'袋井满，则是最有可能的嫌疑人——是这个人布置的下午茶，而且他平时就对眉美起的不良学生这个外号非常不满意，这很有可能是累积的怨恨爆发的结果。

　　"要说怨恨，那其他人也差不多啦——大家早就看不惯眉美平时旁若无人般的言行举止了，这样的结局说是天谴也不为过，但有一个疑问……

　　"被杀的结局并不令人感到意外，意外的是犯人是如何精准杀掉眉美的。

"红茶都是从一个壶里倒出来的，点心也是如大家所见，摆在三层的点心架上，供各位自行拿取。杯子的话也没有事先定好谁用哪个，大家随意就座，没有固定的座位。

"在如此不确定的条件下，犯人是如何将万恶的根源、小人的代表、瞳岛眉美给杀害的呢？

"这就是题目——开始解谜吧。"

"哇哦，这可比那些半吊子纪实综艺还要有代入感呢！我还以为是纪录片，让我这么一个对自己的演讲能力颇为自信的人都一时听入迷了，真实事件的压迫力果然不可小觑。"

"喂！萝莉控。"

"天哪！眉美同学，你不是已经死了嘛！"

吵死了，这个人话怎么这么多，在这里装模作样。

说得跟真的一样，我还以为我真的死了呢。

你以为这是一场戏，然而或许你以为的现实其实才是虚构？

"要是不想找出那个杀死小眉美的犯人怎么办？是杀

害小眉美的凶手会被制裁的那个世界更好呢，还是不受法律约束的世界更好呢？真是个考验人权意识的两难情境，好犹豫啊。"

有什么好犹豫的啊，美腿同学，我还以为你是站在我这边的呢。

"说话小心哦，我下手可是没有轻重的。"

"可怕，这里难道是法外之地吗？"

管你怎么说。

有时候过分的言语等同于霸凌，作为前辈，我希望能让他知道这一点。

"自杀，有可能是眉自己服毒自杀的。"

天才少年怎么一开口就是王炸。

这家伙是有多希望我自杀啊——而且这个时候用眉这个称呼合适吗？

"哈哈哈，不错，这真是一个美丽的谜题，光是问题本身都如此完美！"

团长，能不能不要什么都夸啊，有时候还是挑剔一点儿好吧。

培养人（包括我在内）可不是这样就能行的。

"那么，现在开始接受提问，有什么想问的吗？"

当然有了，比如说为什么要选我当这个受害者。

嗯，又不能选团长，要是选了萝莉控的话说不定现场直接能打起来，而且不管对方有多任性自大多沉默寡言，不良学生都不是会欺负一年级学生的人。

所以在这种情况下，我被选为死者也算是一种信赖的表现吧——吧唧吧唧。

"顺便回答一下创作的猜测，自杀的可能也是可以考虑在内的，但是需要大家解释清楚在那样的场合，眉美是在什么时候、如何在不被人发现的情况下吞毒自杀的。"

语毕，不良学生像是解放了一般，从容地回答了几个问题——烦死了，真想抛出一个奇怪的问题为难他一下。要不然反过来问问他猜猜我想问什么？或者问问他是不是其实喜欢我？

感觉会自讨苦吃……

光是想一想就已经让我口干舌燥了，我往红茶里倒入足量的糖，咕嘟咕嘟喝了个饱。

"满同学，刚刚虽然已经说过座位不固定了，但可以问一下当时具体的座位安排吗?"

萝莉控也是认真起来了。

会不会就是这个人,无视时间线,对我在正篇里总是叫他萝莉控的事情怀恨在心呢……他的嫌疑非常大。

不过我是不会放弃在这个短篇里也叫你萝莉控的。

"嗯,那就……当作和现在座位一样吧。"

不良学生稍微思考了一下,回答了前辈的问题——从这个回答来看,这件事应该是无关紧要的,不是解谜的关键。

顺便说一下,现在的座位顺序是,团长坐在十二点钟的方向,团长的左手边是不良学生,不良学生的左手边是天才少年,然后就是我,我的左边是前辈——我们并不是一直都这么坐的。一般都是按照来美术室的顺序,自由选择空座位。

仔细想想,坐在我两边的人更有偷摸下毒的机会——所以,天才少年和前辈的嫌疑就变大了,要是这两个人都是右撇子,那么我左边的前辈更容易往我的食物饮料里下毒吧?但我依稀记得天才少年是双利手的……

"其他五个人没有中毒的症状吗?是不是其他五个人

其实也中毒了，只是没有死？"

"不是的，死了和有症状的都只有眉美一人，我们都健康得不得了。"

"不良学生，你是不是希望我在全校传播一点儿谣言，就说你在和我交往怎么样？"

"所以并不是所有的红茶和点心里都下毒了——对吧？"

美腿同学颇有一些诱导性提问的倾向……脸那么可爱，行为倒是和我很像。我们的差距也只是可爱与否……

"不管怎么说，只有眉美死掉了，也只有她经历了中毒的痛苦。"

不良学生没有上钩，只是重复了之前的回答。

实在不希望他重复这句话……但既然如此，通过事件发生后的现场勘察应该能发现一些事情吧。要是点心残渣里能够找到一些残留的毒物什么的……

"啊，并没有现场勘察和物证检测什么的，在这个故事的世界观设定里没有什么执法搜查部门。"

这还真是法外之地啊！

虽然目的是简化问题，但事件的设定也因此突然变得脱离现实了。

"哈哈哈！这总比政府搜查机关不存在于现实中要好嘛！"

没想到团长也会话里有话——这要是从不良学生的嘴里说出来，那指定是讽刺。

"所以才有像我们这样志向远大的民间自卫团——美少年侦探团存在的意义呢！"

他好像忘了现在他嘴里的民间自卫团里不仅死了一个人，而且凶手也藏身其中。

这之后又接连有几个提问，但都被不良学生以"不需要考虑这些细枝末节"搪塞了过去。所以，不需要想得太复杂。

前辈受团长的行动影响，美腿同学本应能够预测到这一点，而天才少年之所以没有考虑到美腿同学的行动是因为——这样复杂得像是逻辑拼图一样的推理并不需要。

谜底要更简单。

"嗯，以不良学生的脑子应该也想不出来那么复杂的问题。"

"你这个家伙就是因为嘴这么欠所以才被杀的。"

"就算我'死了',也别当我不存在啊,哎呀,真是不好意思,居然要参与搜查自己就是死者的案件。"

"你想得美,配角就是配角,不管谁做都差不多。"

"话虽如此,那也不是所有人都能做得到的哦!"

话说回来,身为被害人也就是死者的我,也有答题权吗?

接下来就是解谜环节了。

如果是正式的推理小说,那可能还要再卖一会儿关子,但这说到底只是美少年侦探团内部的小游戏——大家大可轻松对待,吃着马卡龙听我娓娓道来。吧唧吧唧。

"如果考虑到毒药被涂抹在了杯壁的话是不是比较合理呢?点心和红茶都是共有的,大家一起分享,并不能精准定位在眉美同学身上,但杯子就不一定了,选座位的是眉美自己,但在分杯子这件事情上,负责准备的不良学生是有很高自由度的。"

"你居然也开始叫我不良学生了?"

时隔不久，美声长广和美食小满之间又有了火药味——归根结底，导火索还是我自顾自给别人起的外号。

"嗯，你是想说犯人是我？"

"没错，能控制杯子位置的人只有分配杯子的你了。"

原来如此。

我开始的时候还觉得他把我设定成受害者是出于单纯的恶意或者是恶趣味，可既然参与其中的是美少年侦探团的各位，那么所有设定都应该是有正当理由的。

不用多说，准备食物的人是确定的，是大家都知道分配杯子的是美食小满，但也正因为如此，前辈答案的正确性值得怀疑。

"这样的话，下毒的地方应该是在厨房（美术准备室），但是前辈，杯子是成套的，六只杯子在外表上没有区别对吧？通过托盘运到桌子上，经过这个过程，不会分不清楚哪个是涂抹了毒药的杯子吗？"

"你在把我当傻子吗？"

其实并不是想说不良学生记性不好……如果是推理小说，那么搞混忘记在哪个杯子里下了毒这种情况确实不大可能作为小说情节出现。但如果是真实发生的事件，这种情况反倒非常有可能发生。

在同一款茶杯上，涂抹了受害者——我，也就是美观眉美看不出来的毒药。

这些杯子从外观上完全看不出差别。

但如果不良学生稍微走个神，或者是在准备食物的时候和别人说了会儿话，是有可能忘记在哪个杯子里下了毒的。

后果不言而喻。

不光是有可能把杯子分到别的成员面前，最坏的情况是，那个被涂了毒药的杯子有六分之一的可能性分到自己的头上……所以往杯子里下毒再分给大家，并不是一个聪明的做法。

"没错，我是想说，以不良学生的智商，是不会大大咧咧地往杯子里放毒的。"

"你的嘴都要比前辈还甜了。"

"我不介意满同学你管我叫前辈哦！"

"那萝莉控同学。"

"这个称呼可不行。我非常介意，我并不是什么萝莉控，只是家里定下的未婚妻，恰巧是个小学生而已。"

该下一位了。

前辈说着，将茶杯拿在了手里……看来他并没有将自己的猜测强加到别人身上的打算。这不过是放学后的休闲娱乐，没必要多认真，大家不过是在饰演相应的角色——不然怎么能在做出那样的推理以后，还能自如地把杯子拿起来呢。

吧唧吧唧吧唧。

"认定凶手的目标一开始就是小眉美也是先入之见吧？虽然说眉美的种种行为也确实是让人生气，让人产生那种倾向也是正常的，连我也不例外。"

"欸，有这种事吗……怎么连美腿同学你都……"

"但就这次的杀人事件来说，可能目标没有从一开始就限定在小眉美身上。凶手想杀的有可能是我，有可能是长广，也可能是创作或是满。"

作为美少年侦探团的忠实团员，美腿同学没有把团长放在受害者名单里……他对团长的忠诚是有目共睹的。但从团队的角度出发，他的言行着实有点儿偏心。

"并没有确定的受害者，也就是说这是一场无差别的杀人事件，犯人只是想杀人，却没有确定的对象？"

他说得很淡然，一时只是觉得他的想法很灵活，角度也很独特，但其实这个想法蛮恐怖的……我也算是见识到了这位外表单纯可爱的小孩子残酷的一面。

"这样啊，实话实说，这和我准备的答案不一样，不过也怪我出题的时候没有说明白犯人的目标就是眉美……但，这是'谁是凶手'的游戏哦！飙太，那这个杀人犯——无差别杀人犯是谁呢？"

"啊，这个问题我还没想好。"

真是单纯得可爱。

一开始没有确定的受害者。这个假设很难确定凶手——如果犯人就在美少年侦探团的团员之中，很轻易就可以在前一天或是当天的早上，给放在碗橱里的杯具或是糖罐做手脚，而不需要现场临时发挥。与前辈的推理相比，他的假设更是让凶手的定位难上加难。

这样想着，并不单纯的我又有了别的发现——虽然这样去使用"美观"的能力并不是我的本意。

"这么一来，还是有六分之一的可能性害死自己的对吧？再怎么无差别杀人，也不至于连自己的命都不要了吧?"

"我就知道小眉美做得出这种事,不要一脸高兴地拆我的台啦!"

他像是在闹别扭。

算了,深究的话,有很多可能的原因,有可能犯人已经自暴自弃,觉得自己死了也无所谓,也可能提前喝了解药,或者凶手并不是成员之一,等等。但不管是美腿同学还是前辈,都没有在这些地方过多纠结。

固守己见并不是什么美好的品质,越是在这种时候越能看清一个人——这是什么选美比赛吗?

下一个解谜人是天才少年——他又会有什么样的想法呢?

可能是因为天才少年已经到达今日发言的上限,他接下来的解谜由前辈代劳了——用前辈那美妙的声音。事实上,前辈没有这么做,而是完全模仿了天才少年的声线。

就像是腹语术。

虽然我感觉有点儿莫名其妙,但想来,声音模仿这种技能可能也没有其他更和平的用武之地了。

话说回来，这位财团继承人的想法从一开始就没变过。

"是自杀。"

真是不客气啊，这位艺术家就这么希望我是自杀啊……难道是想用我的遗体来制作什么亡者面具吗？

"如果这就是你的答案的话，那么还是那个问题，眉美是在什么时候、在不被人发现的前提下服毒的呢？"

"没错，作为一个一举一动都被人关注着的大明星，我是没办法轻举妄动的。"

"行为怪异的你也确实需要被监视。"

我，被监视？难道就是为了方便监视我，才允许我入团的吗……我什么时候变成了少年漫画里骗子一样的角色了……

"这家伙说不定会往我们的食物里下毒，所以才要监视她。"

"都把我当这种人了，我当然想死得不得了啊！"

不，这和不良学生的问题没有关系，没有必要讨论自杀的动机是什么。

在天才少年的推理中，为何选择在众目睽睽之下自杀也不是一个需要考虑的问题。作为"死者"，我也不想听到什么要死就安安静静地离开之类的话，"有必要搞这么麻烦吗？直接找个山头埋了不就行了"这种说法更是站不住脚……一般的悬疑小说里这样的情节数不胜数。

硬要说的话，按照我的一贯"作风"，说不定是为了把自杀伪装成他杀，把脏水泼到谁的身上——这个问题暂时先不讨论，我是怎么自杀的呢？

"关于这个问题，创作的解释是：'毒药不在桌子上，而是在眉的嘴里。'"

前辈此刻仿佛成了神的代言人……说的话让人也摸不着头脑。嘴里？

"啊，我知道了，眉美是在喝茶的时候，把事先藏在槽牙里的氰化钾咬碎的。"

"什么藏在槽牙里的氰化钾，美腿同学，你以为我是间谍吗？"

说这话的时候，我显然完全没有想到几个月后本人就会潜入私立女子学校进行暗中调查。

谁能知道以后会发生的事情呢？

如果凶手是我自己的话，那么，毒药确实可以不在桌子上——必须经由桌子上的食物或者液体不过是我们自以为的想法。

把毒药藏在齿间的做法虽然有些做作，但只要像松鼠一样，把包在胶囊或是米纸里的毒药放在腮帮子里，那么我就可以选择在任何时间点吞药自杀。

难道谜底已经揭晓了吗？这样的话，答对者到底算是天才少年还是萝莉控呢？这个判断有点儿困难——"不是的。"

在出题人不良学生开口前，团长说话了。

"这个问题确实值得考虑，我也认真思考了这个可能，经过深思熟虑后，我的结论是，眉美绝对不会自杀。"

我一头叩到了桌子上——佩服，简直五体投地。

杀死我的不是毒药，而是领导力啊——连我父母都不再对我说这样的话了。

他就是这样笼络人心的嘛，佩服佩服！

虽然我刚刚说过想死得不得了之类的话，但听了团长的话谁还会想死？就算是性格阴暗消极的我也不例外。

"绝对不会自杀的"和"凶手不可能是那个人"两句话的力量差不多，仅凭这一句话是很难推翻天才少年的解答的。但如果说"因为是在美术室发生的事件，所以准备食物的人应该是不良学生"这个情景假设成立的话，那么"眉美绝对不会自杀"也应该成立。

而且话说回来，这个团队里应该没有人会反驳团长的结论……

"创作说，确实，就算眉成了世界上最后一个人，她也不会自杀的，她那么大大咧咧厚脸皮的人，反而会逍遥自在地活下去。"

他真的是这个意思吗？

真的不是前辈在借天才少年之"口"直抒胸臆吗？

人如其名的天才艺术家对于自杀行为有着自己的看法，不会将选择死亡看作"逃避""懦弱"或是"罪孽"——甚至有将自杀看作一种"美"的危险可能——按理说他不会在这一点上妥协，但这里就不具体展开了……总而言之，天才少年已经撤回了自己的推理。

他对团长的忠诚足以让他推翻自杀的推测，厉害！

原来团长才是神啊！

事到如今，除了作为"死者"的我，解谜人只剩下一个，那就是团长。

以一己之力否定了天才少年的推理，他不拿出点儿真本事来肯定不行了——这关系到团长的地位。不过是个游戏罢了，但也正因为它只是个游戏，我才提心吊胆——在这样的紧张氛围下，我连不良学生做的点心也吃不下去了。

是时候洗耳恭听团长的推理了。

吧唧吧唧。

"我们必须先思考一个问题，为什么受害者会是眉美？"

他很自然地用了"我们"——很常规的思考方式。

是在以动机作为突破口吗？

我不否认，如果瞳岛眉美是受害者的话，那么下手的有可能是全世界的任何人，甚至猫狗蛇虫。对于这个设想，我不想深究，也没有什么力量去反驳。但如果这是真实发生的事件，那么从杀人动机开始推理，确实是常规的破案方式。

我其实在心里已经用排除法接受了自己的受害者设定，毕竟不良学生不会让团长扮演受害者角色；要是前辈成为受害者的话，场面肯定会一片混乱；而且，以不良学生的作风，也不会给两个一年级的小朋友下毒。

但现在看来，我不应该这么快就接受这个设定。

很快，我就意识到，在团长的推理里，顺利的只有开头，也只有开头是符合常规的。

事情很快超出预期。

"犯人就是满。"

团长断言。

结论和前辈是相同的，但……

"因为满不会把犯人这个污名加在同伴的身上。以美术室为舞台，以美少年侦探团的各位作为出场人物的凶手推理行动，犯人就不可能是除了满以外的其他人！"

诶……啊？好像确实是这样！

原来如此，和我被设定成受害者一样，不良学生是不会让团长、萝莉控，或者那两个一年级的来当凶手的。这个推理完全成立，而且事实也理应如此。

甚至也照顾到了我的心情。

没有让我当这个"杀人犯"。

"确实，比起当杀人犯，受害者的身份会让我更好过一点儿，我这个人就是这样的。"

"这话虽然不假，但是从你嘴里说出来怎么就这么像假话呢？"

美腿同学，不会说话可以不说。

言归正传，不良学生虽然不是一个有仇必报的主，但他确实有可能会让自己当这个坏人。该有的男子气概这个人还是有的。

"不愧是团长，能想到我们完全想不到的，简直高出好几个层级。您的推理简直是神来之笔。"

前辈——双头院最忠诚的信奉者，毫不吝啬自己的夸奖，也可以说是赞誉。哇哦，所以这就是最终谜底吧？这会儿不良学生正低头沉默着（是在害羞吗？），那应该就是正确答案了吧——我在心里默默给出了结论——真的是这样吗……

"不过应该不是这样的，想一想，满一开始就说了'这是真实事件……'，不是满自己设定的情节，而是真实发生过的事情。"

也就是说，就算是团长也不可以罔顾逻辑。君主专制下的绝对王权正井然有序地运作着。

"所以最后大家都猜得不对？这是干吗呀？就这还自称美少年侦探团，要是我有解答权，我早就完美找出真相了，真是可惜！"

"一点儿也不可惜哦！就算没有解答权，你也已经完美揭示了事实真相。"

"什么意思？"

对于我大言不惭、死不足惜的发言，不良学生非但没有揶揄，反而很冷静地认可了，一时间让我摸不着头脑。伸手去够放在桌子中央的三层下午茶点心架……

却扑了个空。

鸟笼样式的点心架上已经空无一物——青鸟，不是，马卡龙呢？巧克力呢？三明治呢？司康呢？

"已经全部进了你的肚子。"

"欸……啊！"

啊什么啊！

在大家专心解谜的时候，无所事事的我消灭掉了全部的点心，一个人。

是谁说死人开不了口的？

这不是嘴巴一直都没闭上嘛！

"眉美同学你一直都是这样子的哦！不是我们太沉迷于案件推理，而是因为基本上每次的点心都是你一个人在吃。"

"你的减肥计划呢？设置一个定点摄像机估计都能观测出小眉美你的体型变化了，不是创作瞎说，你现在的脸颊就算往里塞了毒药也看不出什么破绽。"

前辈和美腿同学的交替吐槽让我毫无招架之力……信不信我狠狠地揭一下你们的老底啊！但话说回来，一直在不停进食的我确实也在这个过程中无声揭露着杀人案的谜底。

所以受害者才是瞳岛眉美啊。

这不是对我信赖有加的表现，而是我管不住嘴的证明——犯人早就想到我会一个人独占所有的点心。

出题人就是凶手。

也就是不良学生。

"本来是大家一起吃的点心全被我一个人消灭了……

这是利用了我对食物的欲望而展开的一场毒杀。"

死因就是太馋了。怎么能有人想出这样的诡计?

而且都不需要往所有的点心里下毒,只要随便撒点儿——我就会在俄罗斯转盘游戏中不断地按下扳机。

有极大的概率我会死于非命,而且还是找不出凶手的那种。不可能的可能。

"哇哦,在沉默中揭露真相,多么美丽的一场解谜表演啊!眉美同学你真是美少年侦探团的榜样,就算我们其他所有人都不在了,你一个人也一定能挑得起美少年侦探团的大梁。"

"嗯嗯。"

对团长一贯的夸奖应付几句后,我盯向不良学生,想起他在一开始说过的话——这次可不要吐出来哦!

"所以,这个空空的架子就是正确答案?"

"没错,犯人就是我。"

不良学生狡黠一笑,给今天的游戏画上了句号——什么样的凶手会在解谜的时候这样笑嘛!

因为猜中了凶手,所以很光荣地,我成了下次游戏的出题者。

　　选谁来当这个凶手呢？我可不像不良学生，还有不良学生亲手制作的点心一样成分简单。

　　所谓考试，考验的其实是出题人的能力。

札规谎的禁忌游戏

"一夜之间将某个美术馆里展出的所有画作全部替换成赝品——这场游戏，你可以做到吗，札规谎同学？"

犯罪组织"二十人"的主要业务是运输配送上门。说得通俗一点儿就是快递员。在网购成了一种标准销售方式的现代社会，他们已是不可或缺的存在——更难得的是，他们没有故步自封，反而在不断努力为和同行拉开差距。为了让客户得到最佳的体验，二十人每天都会对服务进行改进革新，对他们来说，每一天都是改革纪念日。不管是什么他们都可以进行配送——上至导弹规模的巨物，下至病原体大小的微生物，他们无所不能。对待客户他们也一视同仁——不论对方是穷凶极恶的通缉犯，还是十四岁的中学生。

发饰中学的学生会会长、游手好闲之人、札规谎就是他们的客户之一。

"好了，这个是这次的货物——请在这里盖章或签字验收。话说，中学生要这个超小型超轻量的声波杀戮武器做什么？少年犯罪？"

二十人的女首领丽一边说着，一边毫不费力地将包裹严实的箱子放在了发饰中学学生会办公室的桌子上。但这不过是伪装，因为即便是指轮学园的瞳岛眉美使用透视能力，也难以探测出其中物品的详情。

（眼前的家具看上去像是桌子，其实是一把椅子——而面前的人看起来是个人畜无害的初中男生，实际上正在从国外秘密引进军事武器。）

学生会办公室里排列着无数把椅子，那个身着西装的初中生正悠然自得地坐在其中一把上，他反问道：

"你对它的用处感兴趣吗，丽小姐？"

正常来说，对于客户委托运送的物品，是不应该打听其用途的（少年犯罪或许只是轻犯罪，无伤大雅。但十几岁的札规，在与丽见面的这一刻，就已经犯下了重大罪行。），但丽不是那种死板的人，她不会被规则束缚。

（不，实际上她完全没有兴趣。单纯是出于服务精神，她才做出感兴趣的样子。）

　　真正让她感兴趣的，无疑是为什么自己许久未曾踏入的发饰中学变成了棒球夹克和兔女郎的巢穴。但这是不能打听的事情，这一点，随便哪个人都明白。

　　一旦涉嫌其中，比违法更麻烦。

　　"军事武器在战争结束以后通常能够被用在日常生活中，所以我先投资一下，东京塔不就是用坦克建造的嘛！"

　　这个比喻完全没道理，但是我明白他想表达的意思。他是站在商人的角度思考问题，因为悲剧同时也是商机。在战争开始之前就思考战争结束后的事情……

　　（会这么做的不是商人，而是游手好闲之人。）

　　之前在体育馆里开设夜间赌场，为首的就是这位中学生，虽然现在已经关闭了——在丽看来，这个人就是一个十足的诈骗犯，嘴上说着会把军事武器和平运用在生活当中，但谁知道事实究竟如何！和他接触得越多，就越会觉得笼罩在烟雾之中——二十人向来以团体行动为宗旨，今天却没有这么做。丽一个人来执行配送任务，不仅是因为要送的东西比较小，更是考虑到带来的部下，如果被这位年轻人的魅力所吸引，昏了头脑，可就得不偿失了。

还是小心为妙。

"我对丽小姐的名字很感兴趣呢!"

"就叫丽,叫赞达亚也一样。"

"赞达亚,丽小姐还是这么直接。"

"当然,叫碧昂斯、普林斯也一样。盖章或签字都可以,但……"

"我了解,必须用现金支付,对吧?"

札规说着,起身打开了那个容量大概为 70 升的公文包形状的椅子,里面塞着的钞票并不是购买声波杀戮武器的钱,那笔钱早已付掉了(那笔钱估计都能塞满整个学生会办公室,一个公文包根本装不下)。现在要支付的毫无疑问是二十人正常收取的配送费,但是……

今天,丽并不打算收下这笔钱——不被规则束缚,做生意就是讲究一个随机应变。

二十人没有团规。

"喂,谎同学。"

丽开口了。

"简而言之——虽然这并不是能简单说明的事,但是我尽量简单概括一下，一夜之间将某个美术馆里展出的所有画作全部替换成赝品——这场游戏，你可以做到吗？"

"哈哈哈，原来如此，这次的运输配送费就是解开这个谜题吗，丽小姐？"

（都说闻一知百，可他倒好，还没说什么呢，就已经猜到了，也挺没意思的。）

不过轻松一点儿也好。

"那我就当这是个不错的提议吧——毕竟解开谜底就可以免单。不过解谜可不是我的专长……这应该是某个侦探团的'游戏'吧！"

"哈哈，他们可不怎么擅长解谜。"

很有意思——不擅长解密的侦探团，这个说法是不是有点儿矛盾？

不过不擅长也确实是真的。

根据二十人的情报网（或者说是运输网），那六个人最近非但没有解开画作被调包的谜题，反倒正在计划怎么狸猫换太子把画作调包呢——和丽想要搞清楚的事情完全相反。

（我，不是，是客户想要知道——不过这次倒也有些私人目的在里面。）

"我想知道具体有多少画作。虽说是美术馆里陈列的所有画作，但世界上也存在只展示一部作品的美术馆呢！"

"不论大小共计三百四十二幅。"

"哇哦，这么多，金钱上的损失应该达到了天文数字吧！"

"也不是，那些作品早已投保了失窃险——如果不考虑文化事业的损失，仅从金钱方面来说，受害者应该算是赚到了。"

那些过去大受关注，如今却已无人问津的作品也能因此变现——不过只是对美术馆运营方来说是这样的，保险公司则叫苦不迭。毕竟最终承受天价赔偿的是他们——而且这次偷盗行为的规模实在太大，他们再怎么分散风险，到头来也会全军覆没。

"明说了吧，那个保险公司就是这次的客户。"

"这是能告诉我的吗？"

"不可以，但不告诉你的话就没办法继续往下说了。再坦白一点儿，我其实压根不想管这件事。我也知道我的要求有点儿离谱，但这个保险公司和我们二十人交情不浅，我无法置之不理。"

"丽小姐也买保险吗？"

学生会会长笑着说道。

丽对这个玩笑的回答是"有时候会买"——如果二十人有团规的话，"可靠且自由"大概会是其中的第三条。

"想要抓住犯人，把三百四十二幅画拿回来，那可不是一般的工作量啊！我能做的无非是，作为一名咨询顾问，提供一些指导。"

"你的身份真多。"

"不过是虚名，我凡事喜欢亲力亲为。"

真是人不可貌相，他原来是个爱操心的人吗——不，他只是在隐藏自己的目的吧？

"放心，想让你搞清楚的既不是盗窃者的身份也不是那些真品的踪迹，只需要你帮忙破解盗窃者调包那些画作的方法。"

"反过来说，到现在也还没有搞清楚是怎么调包的？"

和他交流不需要太多的语言，真的。

他的脑子转得极快。

"没错，某个早上，突然就发现所有的画作已经被调包了。"

"这不是你们二十人做的吗？对于丽小姐率领的精锐部队来说，带三百四十二张赝品进去，再将三百四十二张真迹带出来，应该也是小菜一碟吧！"

小菜一碟……太妙了，能不能把这个词作为二十人的招牌宣传语啊——不过很不凑巧……

（这个案件和二十人还真没什么关系。）

如果真有这样的委托，丽说不定会接手。但这件事确实与丽等人无关，就算让她们做，成功系数也不会高。

（将画作搬运出去并不难，难的是将赝品带进来。）

如果是职业小偷，必然不会费力做后者，这么做是出于一种玩乐的心态。

（盗窃犯的玩乐之心……）

"所以你们找到了游手好闲的我——这么理解的话是不是太浅显了。最主要的是，只需要搞清楚作案手法，这种任务也是蛮少见的。"

他的语气不像是疑惑，反而给人一种装傻充愣的感觉——可能他早就猜到了来人的意图，只是希望能从丽的嘴里听到一样。这个少年展露出远超这个年龄段的商业才华，却真的还只是一个孩子——他有些孩子气。

（原来是这样……）

"话说回来，丽小姐应该有更加专业的解谜人选吧？当然，我不会推荐你找那个美丽的侦探团，不过我怎么也想不到如此大型的保险公司会委托我们流氓美人队啊！"

"那的确是个大公司，却并不想抛头露面，他们确实想找你们做这件事——应该也是走投无路了，要是真赔了这笔钱，那么破产在所难免。"

丽说得很轻松，像是与自己毫无关系，但实际上并非完全如此——号称可靠且自由的二十人可能受牵连而破产，就算不至于此，业务上也会有很大的影响。更会有数不清的中小企业因此陷入困境。

（因此拿一箱子的配送费来换也并不亏——事实上占便宜的其实是我们。）

"那不更应该找专业人士吗？"

"在这个案件里，找出答案并不是最关键的——即便所谓的专业侦探能够帮忙搞清楚三百四十二幅画是如何被偷走的，也已经无法挽回损失了不是吗？"

在破解杀人案件的同时让被害人全员复活，现实世界里的侦探无人可以做到这一点。一般来说，人死不可复生。同样的，即便是通过清晰明了的推理抓住了犯人，也不代表丢失的画可以物归原主。

"是啊，在日本如果赃物已经被卖给了不知情的第三方，那么原来的主人是没有权利要回来的，不是有个什么德拉克罗瓦条约吗？"

德拉克罗瓦条约？

应该是个差不多的名字。

估计对方是故意这么说的，所以这里就不吐槽了。

"也可以想办法在警察之前找出犯人，进行秘密交易，把画作取回来，但那是美术馆方面应该做的事。对于保险公司来说，免于支付巨额的赔偿金，避免破产才是最重要的——比如说，如果是因为美术馆本身的安保措施有瑕疵才导致了这次失窃，那么保险公司就没有支付保险金的义务了。"

"所以才找了我们对吗？"

他耸了耸肩，作出一副无奈的样子。

他果然从一开始就知道——丽点了点头。

"如果连中学生都可以找出导致大规模盗窃行为的漏洞，足以证明美术馆的安保措施并不到位。"

这么说来，美少年侦探团也可以是破案的人选——只要是初中生就行，不管是美少年还是游手好闲之人都没关系。

小学生也无妨，幼儿园小孩就更好了——但很可惜，就算二十人的客户再多，里面也找不出一个幼儿园小孩。

（必须再扩大一点儿业务范围了。）

"好，那我就接了吧，毕竟这是来自丽小姐的请求。"

这样的交易内容对于有些人来说可能是侮辱性的，札规谎却很高兴地接受了这个委托——不同寻常的背景反而勾起了他的独特兴趣，这个结果虽然是丽想要的，但她并不觉得事情会这么简单。

"感觉是一个很有趣的游戏呢！我们的组织性质与侦探团完全相反，参与这样的破案游戏反倒有一种禁忌的快感呢！"

"最根本的问题在于，实际的安保情况如何？如果真的有瑕疵，那应该轮不到少年侦探出场吧！"

丽认为，所谓安保不完善才导致犯罪行为成为可能，不过是客户的一面之词，真相应该不仅如此。

保险公司的目的只是找出安保上的漏洞，并非凭空捏造事实，把责任推卸给管理方，但专门找来二十人安排这样一次"配送"，恰好证明美术馆整体的安保措施即使没有电影里演得那么周密——也绝对没有什么明显不完善的地方。

"闭馆后会有安全人员巡逻，监控探头也二十四小时工作，同样也配备了警报系统。虽然不像国外的美术馆那样还安排了随身物品的检查，但客观来说，这次的问题应该不出在这一步。"

"这样啊，不过，从'一夜之间将某个美术馆里展出的所有画作全部替换成赝品'这个故事梗概来说，最大的疑点，应该不是'替换成赝品'这个部分，也不是'一夜之间'这个时间区间，而是'全部被替换'这个结果吧？"

"关键在于犯罪行为的规模？"

"嗯，差不多，之前也发生过这样的事情，和本案不太一样，但同样是美术馆失窃事件，不过取而代之的是一张纯白的画布——这可能不太好理解，但总归不是不可能的……犯人是在通过这样的方式自我表现。"

"是把这当成了一场游戏。"

"游乐也是有限度的，毫无限度的游乐就只能说是堕落了。偷走三百四十二幅画——这可不是小数，其中还有一些变现可能性相当低的画对吧？偷那些画几乎完全没有意义——有的只有风险。"

"明明只偷那些高价的画就好了，而盗窃者却没有这么做，这也是疑点之一不是吗？有没有可能是因为犯人有强迫症，一定要将三百四十二幅画全部打包带走的收集癖？"

"那样的话，如果是限期展览怎么办？"

难度颇高……连一幅画都没留下，这确实有点儿奇怪。或者盗窃犯是为了展现自己的盗窃技术才这么做的呢……可如果是收集欲极强的收藏家想要表现自己的毒辣眼光，那么在收集这些画作的时候，不更应该严格挑选，优中选优吗？

"反过来说，难道嫌疑人有他不得不这么做的理由……一网下去，全部收入囊中，但凡落下一幅都不行。"

"如果真想搞出一个惊天动地的大事件，那还不如把美术馆直接替换掉呢！不是这样一幅幅去调包画作，而是一不做二不休，直接把建筑换掉——这样如何？"

"这已经不是少年侦探可以考虑的范畴了，感觉像是推理作家在写小说一样。为了偷画而直接拿下整个展览馆——这就是射将先射马嘛！"

推理的开头还很顺畅，是不是应该乐观一点儿……少年的思维非常活跃，可惜这种想法也是有点儿玩心过盛了。

"移不走的，而且也无法复制，那是一座历史悠久的美术馆，建筑本身就是一个艺术品。"

"所以这也可以说是一个盲点。"

"是这样的。"

"先不说盗窃者有没有强迫症，可以肯定的是，他不会是一个艺术品爱好者。"札规谎将话题拉了回来。

"从其行为可以看出，他对于画作的价值没有判断能力，或者说也没有打算去进行判断。"

"所以我们的少年侦探得出了这样的结论：盗窃者之所以带走这么多幅画，是因为看不出作品的优劣。"

以投机为目的去搜罗或者是偷窃一些作品的收集者不在少数——事实上，在这种事情上，二十人要技高一筹。

可就算是这样，盗窃者至少也应该知道"偷东西要不被发现"这种基本常识（算吗？）吧——如此明目张胆，把整个事情搞得沸沸扬扬，就不好把从美术馆偷来的画再卖给"不知情的第三方"了。

"我关注的第二个'疑点'在于，盗窃者使用高超的手段一夜之间把所有画都偷走以后——又为什么要再替换上赝品呢？"

"这不也是其自我表现的一种证明吗？"

"这样还没办法完全解释，一般来说，调包是为了不被人发现有东西不见了不是吗？可现在事情败露了，说明赝品的质量并不高——所以盗窃者为什么要准备很容易穿帮的赝品呢？"

"……"

"如果是什么都没有的白布或者是小孩子的涂鸦这种完全和原作不沾边的东西的话，还可以将其定性为恶作剧，可事实上，那些赝品还是接近原作的，所以让人摸不着头脑。"

或许对于有专业能力的盗窃者来说，反正都这么做了，不如做得像一点儿。丽并不是在夸耀自己的鉴赏能力，在接受这个委托的时候，她看到过实物，那时她的感想是：

"这些赝品和原作相比有很大程度上的褪色——像是故意为之的。"

（但比较突兀的是，画框和真迹相差无异——不，这也像是故意引人关注的部分。）

"即便是赝品，要准备好三百四十二幅，应该也要投入不少钱吧，所以才节省开支，降低了颜料的品质？"

光让一个中学生思考感觉有点儿过意不去，丽提示了这样的可能性——控制预算对于一个组织的领袖来说是家常便饭。

"这点应该不重要，没被发现则万事大吉，发现了就发现了，也不会因此而困扰——盗窃者事先应该是有这个心理准备的吧？"

"说不定是盗窃犯为了误导搜查而故意为之，或许我现在就已经掉入陷阱之中了。"

他说着，依旧一脸淡然——这就是凡事从容不迫的心态吗？

"还有一种可能，也许这也是调包计划中不可缺少的要素呢——展示这些似像非像的替代品也是盗窃者美术品收集计划中重要的环节……"

"所以呢？"

这位游手好闲之人以微笑回应丽的反问——不知道是意味深长的笑还是别的什么。

"疑问点差不多搞清楚了，现在进入正题吧，午休也快到点了。"

"午休……啊，我都要忘记这是在学校里了。"

毕竟这里完全没有一所学校应该有的感觉。

"调包的方式无人知晓，这意味着巡回检查的安保人员并没有目击作案现场，监控也没有捕捉到犯罪的画面？"

"嗯，监控视频也没有被处理过的痕迹。"

"确定吗？听说现在已经有了可以把监控视频中的人完全消除掉的技术。"

"那确认一下吧？如果需要的话，我可以寄过来——用即日达，不过要想看完一整个晚上的监控视频，午休时间应该是远远不够的。"

那是个无聊的工作。

全程盯着除了巡回检查的安保人员以外没有其他人的黑白画面，光是想想就麻烦得很——对于这位少年来说更是如此。

而且因为要找出犯罪者的蛛丝马迹，还不能快进……

"不用了，要是盗窃者使用了之前请丽小姐帮忙送来的那种隐形衣，那监控视频里就不会留下任何犯罪者的影像，都不需要再对监控进行后期加工了。"

"用的如果是它，那可就没办法了。"

不过这并不意味着对犯罪嫌疑人束手无策……不管用的是什么高科技，都不可能毫无破绽。有能力使用这种稀有且隐秘性极高的技术的人非常有限，所以反过来更好锁定嫌疑人。

　　所谓没有办法，指的是这种情况下，客户就只能乖乖掏保险金……毕竟这种手段不是一般的安保措施就可以防御得了的。即便眼前这位中学生破解了其中的手段，也不能因此说明管理者失职。

　　"话说回来，这种担心其实没有必要，如果是一两幅画还好，要准备能够偷走三百四十二幅画的隐形衣，那可不是超不超预算的问题了，所需的费用足以再建一座美术馆了……说得直接一点儿，都能通过正当途径把这三百四十二幅画买下来了。"

　　何必再如此大费周章？

　　包括这次收到的声波杀戮武器，这个人之所以能以优惠价格入手最新技术，说到底也是因为他承包了进行实验的部分——而且是人体实验。

　　"所以不需要考虑盗窃者采用了'未来科技'还有'未知技术'的可能吗？"

　　"就算用了，应该也是低预算的情况下可以完成的那种，最多也就是你坐着的那个椅子的容量的钱。"

　　"这也是一笔大数目呢——我不喜欢浪费。话说，丽小姐不坐吗？说了这么久了，快找个椅子坐下吧！"

"自从被装了地雷的椅子暗算之后，我就不坐别人家的椅子了。"

"那您最后是怎么从那样的危险情况中脱身的呢？您的经历可比这个案子不可思议多了。"

他不是在夸张，这位学生会会长确实十分惊讶——告诉他也不是不行，但确实也没这个义务。

"白天的时候，监控探头也是正常运转的对吧？那样的话，不就可以照到前来踩点的嫌疑人的样子了吗？这种规模的犯罪应该不会连事先踩点都不做吧？"

"客户早就调查过这条线了，监控里没有发现任何嫌疑人——所有来馆者都只是在正常参观美术作品。"

准确来说，大家到底是来参观还是来拍照的呢……几乎所有人都是连看都不看一眼，就掏出照相机开始拍摄。那些把手背到身后，认真鉴赏作品的人反而格格不入……这是什么世道。

"现在手机都变成人的第三只眼睛了。"

这位中学生虽然年轻，却对世人的参观方式有很大的包容度（相比之下，情绪波动的我反而有些不够成熟了。）

"所以这个美术馆是可以拍照的，对吧？"

他问道。

嗯，这就意味着盗窃者很容易就可以来踩点，提前做好准备……那些在展品区以外的地方（比如走廊、窗户、运送通道等）进行拍照的人员，确实有很大的嫌疑。

"是的，只是不允许使用三脚架和自拍杆，不能开闪光灯……所有画作都是可以拍照的。当然不能触摸，而且过于靠近画作就会触发警报。"

话说，倒是听说过日本参观者在海外的美术馆违反参观规则的事件——不过不是触发了警报，而是手机拍照时快门的咔咔声，在静谧的场馆里格外刺耳。

在日本人们为了保护个人隐私不被侵犯而设置的功能，到了国外却变成了违反社交礼仪的事情，文化交流任重道远。

"所以盗窃者也没有触发警报吗？我倒是能想到一些手段可以让警报装置暂且失灵，但是三百四十二次重复单调的操作，一次都不失误，难度还蛮高的。"

不管是盗窃作品的数量还是解除警报操作的次数，都实属海量。

就算是盗圣转世，只要是人类，就会有百密一疏的时候——更何况是三百四十二次。

先不说实际有没有出现失误（这不过是概率问题），这样一个只要失误一次就全盘皆输的犯罪计划，真的会被执行吗？

工作都是有风险的，可游戏呢？

在赌博主题的小说里经常会有这样的台词："有趣就有趣在赌上了全部的人生"，可这又有多大的说服力呢？在现实生活中会以赌博和投机为乐的，不就是那些并不为钱发愁的富裕阶层吗？

不过是游戏而已。这样的话……

"盗窃者是坚信自己不会有任何失误吗——这个点确实引人深思，犯人在制定犯罪计划的时候，又有多少把握呢？说不定，他们或者她们期望着失败呢？"

"是受到良心谴责的意思？不想做坏事的潜意识让其自然而然地选择了失败可能性大的方案吗？……还不如说盗窃者是在故意寻求刺激呢！"

渴望与名侦探对决的反派，实际上迫切想要被逮捕——不对，在现实生活中，更多的是冲动性犯罪，嫌疑人并没有对于其中的风险深入考虑。

也就是说，盗窃者其实并没有多想。

难道这就是这次的答案吗？

"嗯，犯人的动机，犹豫踌躇还有内心的谴责什么的，都和被害者没有任何的关系——杀人犯悲惨的过去和值得同情的创伤，都不能给受害者带来任何安慰。"

（欸？我在说什么伦理问题？）

不，真要从伦理角度思考的话，那就应该考虑犯人的内心想法——给犯罪者人权，是比任何艺术作品都要文明的行为。

（不过这种想法可能也只是出于我自己就是犯罪者的原因。）

"是啊，丽小姐……应该考虑一下，犯人的动机。"

这位悠闲的少年好像听到了丽的所思所想。

"因为一开始被告知只需要找出作案手段，所以把注意力都集中在了这一点上——其实思维应该更发散一些的。"

（……）

不是——这样啊，没错。

他总结出的两个疑点，一个是"怎么把三百四十二

幅画全部偷走"，另一个是"怎么准备那些质量欠佳的
赝品"，都是出于客户委托内容而下意识产生的疑问，
认为这种规模的犯罪一定使用了超高的犯罪手法——
但实际上，其中的"如何"，一般来说不应该被理解为
"HOW"，而应该是"WHY"。

如此大规模且超高难度的犯罪，很容易让人因为其
规模而忽视了对犯罪动机的探察……但只要有犯罪者存
在，那就一定有动机。

"所以搞清楚作案动机方能找出作案手段。这次也是
这样的。"

札规谎采用了肯定的语气。

（真不愧是他——神速。）

看来对方已经搞清楚谜底究竟是什么了——接下来
位置调换，丽只需倾听即可。

"这种时候，我的老对头肯定会用一句'各位请安
静，请听我一言……'来开场。"

虽然最近好像没怎么说过。

"先从结论开始吧，真相就是那三百四十二幅作品并

没有被偷，也没有被调包，它们只是褪了色，被误以为
是赝品了而已。"

很少会有侦探会从结论说起——作为听众，可能也
会希望揭秘者不要这么直接——因为他的结论实在没办
法让人很快理解。

（褪色——颜色褪去）

"所谓不可能犯罪，正是因为不可能，才被称为不可
能犯罪。这样一场连二十人都无法立刻判断可不可行的
大工程，难道真有人可以完成吗？"

"恭维的话就免了。"

二十人能将真迹偷走，却没有办法把赝品运进
来——所以盗窃者的犯罪手法引起了我的兴趣……但如
果其实并没有搬进搬出这一过程……

别说移动三百四十二幅画了，一幅都没有移动。

"这个嘛，作品没能得到很好的保存，或者在移动
过程中出现什么损坏，错把真品当成赝品的情况也是有
可能的——但是再怎么说，这种情况也不会同时出现在
三百四十二幅画上吧？总不可能是美术馆的空调在那天
晚上突然失灵了吧？"

不对，如果室温出现了骤变，巡回检查的安保人员不可能察觉不出来——更何况现在的情况并不是表面有裂缝或者是颜料融化，而是褪色……

"这只是一个推测……能不能运用改造后的便携相机让画作褪色呢？"

"你的意思是……"

"三脚架被禁止的原因不是很容易理解吗？那种大体积的物体会影响到馆内的行动路线。自拍杆被禁止也是同样的理由——唯有闪光灯并不仅仅是因为可能会影响到参观者才被禁止的。"

是的——强光会对画作产生伤害。

（伤害的后果——褪色。）

不管是什么美术馆，没有特别的原因，都绝对不会让藏品受到太阳的直射。

"不光是闪光灯，现在的照相机还能发出一种测位光，一种不会被周围人发现的不可视光线——其中首屈一指的就是紫外线，只要将能发出这种光线的装置装进相机里，就能在不被发现的情况下使用它们了。"

这已经不是什么新兴科技了。这种紫外线放射装置随处可见，甚至都没必要去美黑沙龙之类的地方专门购买……这样一来，嫌疑人的作案时间不一定是夜晚，也可以是白天。他可以混在其他的参观者之中……

"原来如此，所谓'一夜之间'可能是一个误区——当然也不是'一天之内'了，只要对方每天来美术馆，对馆内的三百四十二幅画进行褪色操作——量变引起质变，到了某个早上，就会有人不经意间发现这一阶段性的变化。"

每天变化一点儿，总有一天会演变成无法挽回的程度——啊，是这样的，这是监控探头也监控不到的犯罪行为。

因为监控的影像是黑白的。

无法追踪颜色的变换。

（所以——才会被以为是在某天突然调包的。）

只要美术馆里有一幅作品达到了这样的褪色程度，那么所有作品都会被检查——这样一来，所有作品的变化都会在严格的检查下被发现。

（这些所谓的"赝品"在前一天都还被认为是绝对的真迹，而它们的画框之所以显露出与赝品不甚相符的价值，原因在于它们就是真品的画框……可是。）

这个犯罪手法确实说得过去。

这已经不像是推理了，而更接近于一场思考实验。"真品其实并没有被调包"这一完全颠覆想象的思考结果，嗯，虽然出乎意料，但很容易被接受。

（真迹褪色后变成了赝品，不仅仅是艺术品，人也是一样——可以可以。）

但这说到底还是对于作案手法的解释——前面那么重视的作案动机，现在岂不是变得更加扑朔迷离了？

因为，作品本身并没有被偷走。

只是遭到了损坏——所以第二个疑点其实已经消失，可是……

"动机影响目的，目的决定犯罪手法——将它们分开思考是不可取的，若是能把作案动机搞明白，那么作案手法也就瞬间明了了。"

"我知道你想要说什么——不对，我不知道，快说，否则有你好看！"

"怎么听众还威胁人呢！我知道你是在开玩笑。请假设一下，作案人的作案动机就是为了造成现在的困境。"

"现在的困境?"

美术馆所有的作品都"失窃"了,但并不会因此穷途末路不是吗?可以拿到保险金,还顺带处理掉了那些烫手的画——所以对于美术馆来说并不是坏事——没错,现在身处困境的是二十人的客户,也就是幕后的大型保险公司。

要支付巨额的保险金,面临破产危机的保险公司才真是走投无路。

"所以这是保险诈骗?犯人无需实际将画作偷走——只需要让别人以为失窃了即可。"

动机,目的与手段。

对这一切做出合理解释的他不像是一个游手好闲之人,而更像是一个专业的诈骗犯……

"应该不是的,如果想要骗取保费,只需针对其中几幅高价的艺术品进行褪色作业即可——现在这样将三百四十二幅画全部'调包',反而是让保险公司背上了根本无法偿还的债务。"

这样一来,第一个疑点也清楚了。

美术馆"失窃"的画越多越好——这是数量的暴力。

盗窃者的目的不在于画，也不在于美术馆，甚至不在于金钱，而是重创我们的客户。

"嗯……如果是美术馆想要骗保的话，应该不会采用这种损害画作的方法，假如受害者即是犯人，他们不可能不想办法把画卖给不知情的人。"

而客户之所以会招致这样的打击报复，应该是有很多理由的。

这个保险公司不会是什么善良的角色，越是大公司背后就越少不了阴谋诡计——从其为了避免天价赔偿，居然能找到一个中学生头上，就可见一斑了。

（说白了，他们的行径没有半分玩乐之心，脚踏实地、不嫌麻烦、执着到令人讨厌、扭曲到了极点——如果根据这个线索，不光是手法和动机，也许连犯罪嫌疑人都可以直接定位出来。）

不——只需要好好查一下监控就足够了吗？

假设犯罪嫌疑人每天混在普通参观者之中，每天使用模仿了照相机形状的机器给每一幅画拍照，那么只需要锁定那些每天都出现在美术馆，而且给每一幅画都拍照的参观者即可。这种人脸识别对监控影像的色彩没有要求，不管是黑白影像还是高清全彩 4K 影像都无所谓。

"还可以从别的角度来确定犯罪嫌疑人，比如，目标甚至可能并不是保险公司。"

"欸？怎么又变了，什么意思？"

"如果你们的保险公司客户破产了，那对你们二十人是不是也有一定的影响呢？可能也会被牵连而破产——所以作案人真正的目标说不定是你们呢，想要同时在物质和精神上给你们沉重一击。"

（……）

丽没有一笑置之，并不是因为对自己的组织没有自信——不是因为清楚充满旺盛服务精神的运输公司二十人有可能存在潜在的仇家。

她在思考一些更远的东西。

这个中学生是不是从一开始就是为了免于支付小型武器的配送费才故意设计这一切，间接诱导二十人向他委托，主动提出这样的交换条件呢？（那个公文包样子的椅子里真的塞着钞票吗？还是一摸就知道里面其实空无一物？）

这一点当然是丽想多了，无需多虑。多问无益。

　　但有一件别的事情，丽是非问不可的——是她在刚进入学生会办公室的时候还完全没有兴趣的问题……现在反而勾起了她的兴趣。

　　这个游手好闲之人……

　　是要拿这个武器做什么？

　　（如果说这个小孩真的是在以冒险为乐……）

　　"你之前说会把这个声波杀戮机器用在日常生活当中，是什么意思？"

　　丽指着那个放在桌型椅上的纸箱子问道。

　　"丽小姐或许知道，我身边有一个朋友，不久就要失明了，我想试试能不能为她制造一个利用声音就可以进行游戏的道具。"似乎意识到这是一个事关重大的问题，札规谎干脆利落地如此回答。

　　"你身边没有这样的人吗？一无是处却无法让人置之不理的废物朋友？"

后　记

　　个人觉得小说应该从四个视角来看。第一个，毫无疑问是主人公的角度。说是主人公，不如直接将其称作视角人物。如果是有多个主人公的群像剧，那么视角还会被进一步分割。但不管怎么说，都会是支撑故事整体结构的重要角度。第二个角度，就是所谓主人公敌人的角度。敌人这个词给人一种强烈的敌对感，但是不是敌人不要紧，关键是对立，简而言之，是和主人公完全对立、互相否定的角度。双方都对对方的想法嗤之以鼻，从而存在分歧与出入。第三个角度，是抽出身来旁观上面提到的对立，也就是第三者的角度。所谓旁观者清。类似"真是一场激烈的战斗啊……"或者"明明就是在争论一些毫无意义的东西嘛……"的感慨。总而言之，就是相对客观的角度。如果再将视野无限扩大，从所谓尽头的角度来看，那还有第四个角度，上帝视角。对于无神论者来说，这种角度就是无关主人公，无关对手，也无关第三者，只是将事实淡淡道来的视角。还可以再加上一种，那就是作者的视角，不过这说到底……也只是我的一家之言。

拿本书《美少年M》来举例子。第一个就是瞳岛眉美的视角，第二个则是加贺屋绮罗辉的视角（第三个第四个视角就由读者在阅读中体会吧）。在冒出一些有关"敌人的正确之处"之类的想法时，瞳岛也许是通过"做小人"来应对的。以上构成了美少年侦探团系列的第九部《美少年M》。另外，在短篇部分还有许久未见的丽小姐出场，真是令人兴奋。

这次请黄粉老师所绘的封面人物是正在进行潜入搜查行动的眉美。卷末还加上了阿切里女子学院学生会三人组的身姿！非常感谢。下一卷将迎来本系列可能的收尾之作《美少年蜥蜴》，也请多多关照。

西尾维新

水松木知婆

加贺屋绮罗辉

七夕七星

插画：黄粉